Wie der Staub der Sterne

Weihnachtsgeschichten

Thomas Märtens

Charlene Strube

Mirjam Jasmin Strube

Die Handlungsorte in den Weihnachtsgeschichten dieses Buches sind zum großen Teil reine Fiktion. Auch die Personen wurden frei erfunden. Ähnlichkeiten oder tatsächliche Übereinstimmungen mit lebenden oder bereits verstorbenen Personen wären rein zufällig und waren zu keinem Zeitpunkt beabsichtigt. Die Handlungsstränge sind erfunden.

Bibliografische Information:
Die Deutsche Nationalbibliothek verzeichnet diese Publikation in der deutschen Nationalbibliografie; detaillierte bibliografische Daten sind im Internet über http://dnb.dnb.de abrufbar.

Covergestaltung: Thomas Märtens
Coverbild: Noupload/ Pixabay.de
Lektorat: Thomas Märtens

Herstellung und Verlag BoD – Books on Demand, Norderstedt, Deutschland

ISBN: 9783757853730

Inhaltsverzeichnis:

Vorwort

Der Weihnachtsmann fährt mit seinen vier durchaus fragwürdigen Engeln auf dem völlig überladenen Schlitten vom Himmel kommend durch den großen Tunnel, der die Reisenden zu den Menschen bringen soll. Unglücklicherweise schiebt die mächtige Ladung das Gefährt so stark an, dass Santa Claus die richtige Ausfahrt verpasst, in der Folge immer weiter abwärts rodelt und sein Team schon bald vor den Pforten der Hölle steht. Dort müssen sie nun übernachten und man könnte meinen, dass das vom Teufel gewährte politische Asyl für die Weihnachtscrew sehr unangenehm ausgehen könnte. Doch nichts da. Die Engel haben sämtlich eine ganz eigene irdische Vergangenheit und entfesseln zum Leidwesen des Gehörnten ein Fegefeuer der ganz anderen Art. Dem Wahnsinn verdächtig nahe, lässt sich El Diabolo zu einer Handlungsweise hinreißen, die vor allem er selbst sich niemals hätte träumen lassen.

In dem kleinen Städtchen Tannenwald bereiten sich die Menschen auf das nahende Weihnachtsfest vor, als einem nicht ganz gewöhnlichen Teddybären namens Flynn das Schluchzen der kleinen Emma in den Ohren klingt. Der kleine Kerl weckt das Mädchen mit sanften Pfoten auf und bringt es zum Staunen, als sie einen rein äußerlich ganz normalen Teddybären mit flauschigem Fell und glänzenden Knopfaugen lebendig vor sich sieht. Von diesem ersten Augenblick an sind die zwei Freunde fürs Leben. Flynn erkennt den Grund für des Mädchens Traurigkeit und setzt alle Hebel in Bewegung, um das Weihnachtsfest, das an den finanziellen Verhältnissen ihrer Eltern zu scheitern droht, für die Familie zu retten.

Drei Trollinge, eine dem Menschen zugeneigte Unterart der sonst nicht ganz so freundlichen Trolle, wandern durch den norwegischen Winterwald. Sie sind auf dem weiten Fußweg zu ihrem weihnachtlichen Familientreffen im Norden des Landes und sich mal wieder völlig uneinig, welches nun der richtige Pfad durch das Unterholz ist. Insbesondere die beiden jüngeren Brüder der chaotischen Drillinge liegen sich permanent in den Haaren und streiten über die geringsten Anlässe. Endlich einmal einer Meinung sind sie jedoch, als sie in einer Siedlung im Schlafzimmer eines Jungen namens Jal landen. Versessen auf Schokolade plündert das Team Chaos den Schokovorrat des Schülers und führt mit ihm ein aufschlussreiches Gespräch. Die Geschichte *Bridges to Walhalla* nimmt zuletzt eine nachdenklich machende Wendung und offenbart deutlich mehr als nur das, was es mit dem seltsamen Titel auf sich hat.

Bea Linde lebt in fortgeschrittenem Alter allein und zurückgezogen in einer Wohnung eines Backsteinhauses und hängt besonders zur Weihnachtszeit dem Verlust ihres verstorbenen Mannes und den gemeinsamen Erinnerungen nach. Ihr eintöniges und unspektakuläres Leben wird allerdings durch ein hölzernes Räuchermännchen und das zunächst unschöne Zusammentreffen mit einem Jungen entscheidend beeinflusst.

Die sehr berührende Geschichte *Bea Linde – Auf gute alte Zeiten* erzählt von den Dingen, die man nur mit dem Herzen sehen kann.

Das Buch ist gefüllt mit wunderschönen, frei erfundenen Geschichten, die den Leser und die Leserinnen zum Schmunzeln, hoffentlich zum Lachen und auch immer wieder zum Nachdenken bringen werden. Von daher ist es genauso unterhaltend und emotional wie die Weihnachtszeit selbst. Folgen Sie den Autoren in ihren bunten Kosmos kurioser Ereignisse und erfahren Sie, was Ihnen in der Titelgeschichte ein Schneemann über den Staub der Sterne zu erzählen hat.

Die geheimnisvolle Tür

Draußen war es seit einigen Tagen bitterkalt geworden und die Schneemengen fielen vom winterlich grauen Himmel. Die Natur war unter einer dicken weißen Hülle begraben, hatte sich schlafen gelegt und sammelte Kraft für einen neuen Frühling. Allerdings war der in diesen Wochen recht weit entfernt, denn der Kalender zeigte gerade Dezember und bis zum Weihnachtsfest dauerte es noch eine endlos lange Woche.

Der achtjährige Max war ein recht schlauer kleiner Bursche. Er saß in einem Sessel am Fenster im wohlig warmen Wohnzimmer seiner Großeltern, schaute hinaus, beobachtete bereits seit einigen Minuten ein paar Amseln, die unter einem großen Busch im viel zu tiefen Schnee buddelten und eifrig nach Essbarem suchten. Er überlegte angestrengt und haderte wie so häufig mit seiner kindlichen Ungeduld.

Warum vergeht die Zeit vor Weihnachten eigentlich immer so langsam, fragte er stumm in sich hinein. *Es ist doch ziemlich gemein, dass der liebe Gott oder wer immer auch die Zeit gemacht hat, in diesen Wochen den Fuß auf die Bremse drückt und die Tage unerträglich lang werden lässt.*

Großvater hatte ihm vor einiger Zeit ausführlich erklärt, dass wir die unerhörte plötzliche Trägheit der Uhren zeitweilig nur so empfinden, denn wenn überhaupt etwas in unserem Leben unaufhaltsam und exakt gleich vergeht, dann ist es die Zeit.

Opa weiß sehr viel und hat fast immer recht, aber in diesem Punkt irrt er sich gewaltig, dachte der kleine Mann, denn er spürte und sah es doch ganz deutlich, wie schleppend sich die Zeiger der Uhr bewegten.

Das hatte er seinem Großpapa auch so gesagt, der ihm zur Antwort gab, dass wir alle diesen Eindruck immer dann haben, wenn wir uns auf etwas freuen, es mit Macht herbeisehnen, nicht erwarten können oder wünschen, dass es vorbei ist. Wie zum Beispiel der Unterricht in der Schule.

Lediglich dem letzten Teil stimmte Max durch intensives Nicken uneingeschränkt zu.

»Und was kann ich dagegen tun?«, wollte er daraufhin wissen.

»Du musst Dich einfach ablenken. Spiel etwas, bastele, male. Was immer Dir in den Sinn kommt. Du wirst sehen, das hilft!«

»Aber ich kann doch nicht bis zum Weihnachtsfest spielen oder malen. Das schafft niemand!«, war des Enkels Antwort.

Das alles ist ganz schön verzwickt. Wenn selbst Opa keinen einleuchtenden Rat wusste, war das Problem auch nicht so leicht zu lösen, ging es dem Jungen durch den Kopf.

Er war gerade vom Mittagstisch aufgestanden und wollte noch einmal mit seinem Großvater über dieses schwierige Problem reden. Also zog er sich warm an, sagte seiner Mutter, dass er unbedingt in die Werkstatt gehen müsse und stapfte sogleich durch den Garten. Mama und Oma, die zusammen noch immer am Tisch saßen, nickten zustimmend, denn sie wussten, dass die beiden Männer an solchen Nachmittagen immer zusammen in der großen Laube hockten, um wichtige Gespräche zu führen, wie der kleine Kerl im Weggehen nachhaltig betonte.

Als Max die Werkstatttür öffnete, erwartete ihn wie immer ein wunderbarer Kosmos. Der alte Kamin knisterte, verteilte seine angenehme Wärme, es duftete nach Holz, Leim und Pfeifentabak, den sein Großpapa rauchte und in herrlichen Ringen entspannt durch den Raum blies.

»Dass Du mir das mit dem Rauchen aber niemals und unter keinen Umständen der Oma erzählst, hörst Du! Wenn sie das mitbekommt, zieht sie mir die Ohren lang!«

»Ich sage nichts. Ehrenwort!«

Der alte Mann lackierte gerade eine wunderschöne Nähkiste, die er für seine Frau gebastelt hatte und die er ihr zum Weihnachtsfest schenken würde. Der Junge setzte sich, schaute ihm eine kleine Weile schweigend zu und staunte, wie geschickt sein Opa war. Max überlegte, wie er das Gespräch am besten und erneut auf sein Problem lenken konnte. Einen Moment später fragte er:

»Was ist eigentlich die Zeit?«

Der Großvater sagte zunächst nichts, ließ schweigend den Pinsel über das glänzende Holz gleiten und schenkte seinem Enkel lediglich einen kurzen und wie immer freundlichen Blick.

Mal sehen, was als Nächstes kommt, dachte er und musste auch gar nicht lange warten.

»Ich meine, sie ist ja nichts zum Anfassen oder was ich sehen kann und doch ist sie da, um mir große Probleme zu machen. Das verstehe ich nicht!«

»Nun hör mir mal zu«, sagte der Großvater, legte sein Werkzeug aus der Hand, sah seinem Enkel in die Augen und antwortete:

»Sieh uns beide doch einmal an. Du bist noch ein kleiner Junge und ich auf meiner Reise schon weit vorangekommen. Dein Leben beginnt gerade und bei mir geht es bereits bergab. So ist es in dieser Welt eingerichtet und wir müssen uns damit abfinden. Ob wir es wollen oder nicht. Unsere Aufgabe sollte es daher sein, uns nicht so viel mit Problemen zu beschäftigen und darüber nachzudenken, was gestern war oder morgen vielleicht kommen könnte, sondern die Spanne unseres Lebens möglichst sinnvoll und intensiv zu nutzen.«

Max überlegte, verstand jedoch nicht genau, was damit gemeint war und der alte Mann nahm einen neuen Anlauf.

»Die Zeit ist das, was gerade geschieht. Sie verbindet, was früher einmal war und das, was einmal sein wird. Es hat zwar den Anschein, als liefe sie ständig vor sich selbst davon, doch welche innere Kraft sie tatsächlich antreibt, weiß niemand. Kein Mensch wird Dir das jemals erklären können. Sie existierte schon immer und wird es bis in alle Ewigkeit. Die Zeit ist alles Leben. Sie regelt es, lässt es entstehen und zu Ende gehen. Und nun noch einmal zu Deinem Problem. Sie vergeht immer und unaufhörlich im gleichen Tempo, weil sie gar nicht anders kann. Wir sollten nicht zu viel darüber nachdenken, sondern dieses wunderbare Geschenk unseres Seins dankend annehmen und einfach nur leben!«

»Und was heißt das nun für mich?«, wollte der Junge mit fragendem Blick wissen.

»Stell Dir vor, heute wäre Weihnachten. Dann würdest Du nachher Geschenke bekommen und das Fest wäre schon Übermorgen vorbei. Die Zeit aber gibt Dir die Möglichkeit, dass Du Dich noch eine ganze Woche darauf freuen kannst und das ist doch toll. Die Vorfreude ist etwas sehr Schönes. Du siehst, dass die Zeit eigentlich Dein Freund ist. Du musst die Dinge lediglich aus dem richtigen Winkel betrachten!«

Max lehnte sich zurück, überlegte, dass er später etwas genauer darüber nachdenken wollte und ließ den Blick durch die Werkstatt gleiten, während sein Großvater genüsslich an seiner Tabakpfeife sog. So saßen die zwei beieinander und genossen den gemeinsamen leisen Moment.

Der Junge kannte eigentlich jeden Winkel dieses schönen Kleinods, denn bereits seit seinen frühen Kindertagen war er voller Neugier überall herumgekrochen. Und doch fiel ihm erst jetzt eine kleine, kaum erkennbare Tür unter der

Werkbank auf. Er überlegte, ober er sie in der Vergangenheit vielleicht immer nur übersehen hatte und wandte sich seinem Opa zu, der ihn seit einigen Minuten mit wissendem Blick aufmerksam beobachtete.

»Was ist das für eine Tür und wo führt sie hin?«

Der alte Mann schwieg, sagte zunächst kein Wort, gerade so, als hätte er dem Jungen überhaupt nicht zugehört. Dann aber wandte er sich seinem Enkel zu und fragte:

»Glaubst Du, dass es den Weihnachtsmann wirklich gibt?«

Was hat der Weihnachtsmann mit der Tür zu tun und warum fragt Opa ausgerechnet jetzt danach, dachte Max.

»Ich weiß nicht recht«, sagte er und spürte erneut diesen seit einiger Zeit in ihm bohrenden Zweifel, ob es den weisen Mann mit dem langen Bart im roten Mantel tatsächlich gab. Einige seiner Freunde erzählten immer, das wäre alles nur Hokuspokus. Nichts anderes als dumme Geschichten für kleine Kinder. Max aber war sich da einfach nicht so sicher. Die Jungs mochten recht haben, aber beweisen konnten sie es nicht. Und so balancierte er weiter auf einer Schwelle zwischen Zweifel und Gewissheit.

Die zwei wurden plötzlich unterbrochen, als Großmutter durch die Tür kam und die beiden Männer zum Kaffee lockte.

Glücklicherweise hatte Opa seine Pfeife längst zu Ende geraucht und den Raum gelüftet, sodass ihm nicht die Ohren langgezogen wurden. Max stellte sich das bildlich vor und schüttelte energisch mit dem Kopf.

Dem Opa die Ohren langziehen. Dass ich nicht lache. Das traut sich doch niemand, sausten die Gedanken durch sein Oberstübchen.

In Erwartung leckeren Apfelkuchens war der Junge allerdings sofort abgelenkt, vergaß unversehens die zuvor noch so wichtigen Fragen und stürmte eilig an seiner Oma vorbei ins Haus. Der Nachmittag verging zügig, ohne dass Max weiter über das Gespräch in der Werkstatt nachdachte. Dann wurde es dunkel draußen. Der Abend kam sehr schnell und bald musste Max auch schon ins Bett.

Wieder einen Tag geschafft, sagte er sich und spürte abermals die Spannung des nahenden Weihnachtsfests, als ihm die Augen schwer wurden und er in einen tiefen Schlaf fiel.

Es war weit nach Mitternacht, als er plötzlich erwachte, putzmunter in seinem Bett saß und unaufhörlich an die geheimnisvolle Tür dachte, die ihm einfach so von irgendwoher in den Sinn gekommen war und von nun an keine Ruhe mehr ließ. Angetrieben von einer unbändigen inneren Unruhe stand er auf, zog sich ganz leise an, schlich aus dem Haus und durch die frostige Nacht hinüber in die Bastelkammer. Dann stand er vor der Tür unter der Werkbank und zweifelte, ob er sie tatsächlich öffnen sollte. Doch seine Neugier gab ihm unvermittelt die Antwort und er drückte die Klinke nach unten. Kaum hatte er sie geöffnet, klang von irgendwo her Musik, spürte er ausgerechnet im tiefen Winter einen warmen Luftzug, der ihm die seltsamsten Düfte entgegenwehte. Er vermochte diesem Sog einfach nicht zu widerstehen, kroch in die Öffnung und krabbelte auf den Knien durch warmen Sand einen nur kurzen Weg auf einen Lichtschein zu. Er folgte den lustigen Klängen und fand sich nur wenig später am Rand eines offensichtlich orientalischen Marktes wieder. Max schaute sich um und traute seinen Augen nicht.

Das kann doch gar nicht sein, dachte er. *So etwas Fantastisches unter Opas Werkstatt! Warum hat er mir das nicht gesagt, dann hätten wir zusammen hierher kommen können?*

Über dem spätabendlichen Markt in der Wüste wölbte sich ein wunderare Sternenhimmel. In einiger Entfernung sah er ein hell erleuchtetes, golden schimmerndes Märchenschloss, wie er es aus Geschichten wie *Sindbad der Seefahrer* oder *Aladin und die Wunderlampe* kannte. Direkt vor ihm aber standen ein paar Kamele, die den seltsamen Gast sichtlich entspannt, dafür aber mit großen Augen verwundert ansahen. Max ging vorsichtig an den Tieren vorbei und stand plötzlich zwischen vielen bunten Zelten, in denen verschiedenste Waren zum Kauf angeboten wurden. Da waren Gewürzsäcke, betörende Duftwolken von Zimt schwebten ihm entgegen, Curry, Kaffeebohnen, Unmengen Kräuter, Feigen und so vieles mehr. Auf der anderen Marktseite gab es Teppiche, Kleidung, Werkzeuge und auch ein Medikus bot gegen ein kleines Entgelt seine Heilungskräfte an. Gaukler und Künstler unterhielten die Zuschauer mit ihrem Spiel und eine bildschöne Tänzerin drehte sich in wundervoll eleganten Bewegungen auf einer kleinen Bühne vor einem anderen Zelt zu seltsam exotischen Klängen einer arabischen Streichlaute. Max schaute verwirrt um sich, als er nach einiger Zeit von einem Jungen angesprochen wurde.

»Komm mit. Dort hinten fängt gleich der unglaubliche Märchenerzähler mit seinen Geschichten an. Das darfst Du Dir einfach nicht entgehen lassen!«

Erneut staunte Max, brachte kein Wort heraus, bemerkte ein kleines Mädchen neben sich, das ihn freundlich ansah, an die Hand nahm und schüchtern ansprach:

»Ich bin Leila. Komm mit. Ich zeige Dir, wo wir hin müssen!«

Wenig später saß er inmitten vieler staunender Kinder und beobachtete den beeindruckenden alten Graubart, der jetzt mit einem offensichtlich uralten großen Buch unter seinem Arm in den Schein des Lagerfeuers trat.

Groß war er, trug schulterlanges, graues Haar. Sein Bart wuchs ihm bis hinunter zum Bauch. Der abgewetzte Mantel reichte bis auf die Füße und auch die Schuhe schienen reichlich verschlissen. Dieser seltsame Mann wirkte weise, belesen, wissend und war trotz seines hohen Alters ganz bestimmt noch richtig neugierig. Er begrüßte die Kinder mit lustigen und charmanten Worten, setzte sich auf seinen Schemel und begann mit einer tiefen, warmen Stimme zu lesen.

Max hörte einige wunderbare Gedichte und erstaunliche Wortspiele, die er sich so schnell gar nicht merken konnte. Besonders aber faszinierte ihn die Geschichte aus 1001 Nacht.

Darin war die Rede von König Schahryâr, der sich nach

einer gescheiterten Liebe nie wieder von einer Frau betrügen lassen wollte. Deshalb heiratete er jeden Tag eine andere, die er immer am nächsten Morgen töten ließ. Bald aber erschien die hübsche Scheherazade, die dieses grausame Treiben nicht mehr mit ansehen konnte. Sie ließ sich von ihrem Vater dem König zur Gattin geben, erzählte ihrem Gemahl in der ersten Nacht eine Geschichte, deren Handlung allerdings durch den anbrechenden neuen Tag unterbrochen wurde. Der König war aber so neugierig auf das Ende der Erzählung, dass er Scheherazade am Leben ließ. So ging es weiter durch 1001 Nacht. Zuletzt gebar die junge Königin drei Kinder und das Paar lebte glücklich bis ans Ende seiner Tage.

Am Ende der Geschichte setzte Stille unter den Zuhörern ein, erhob der weise Mann den Zeigefinger seiner rechten Hand und gab den Kindern einen Rat für das Leben mit auf den Weg.

»Ihr seid noch so jung. Auf dem Weg durch die Zeit geht immer mit Bedacht. Sucht nicht nach den schönen Dingen des Lebens, sondern lasst Euch von ihnen finden. Versucht das Gute für Euch zu bewahren und das Schlechte abzulehnen!«

Er schaute in die Runde. Beobachtete, dass die Kinder darüber nachdachten, lächelte milde, wandte sich ab und verschwand so plötzlich, wie er gekommen war. Max fühlte sich vollkommen überwältigt von dem, was er gerade gehört und auch die vergangen zwei Stunden auf dem wundersamen Markt erlebt und gesehen hatte. Leila, die neben ihm saß, nahm ihn erneut bei der Hand und sagte:

»Alle müssen jetzt ins Bett und Du solltest auch wieder zurück, denn es ist schon sehr spät!«

Sie brachte ihn zu den Kamelen, zeigte ihm, wo er entlang musste und wollte sich gerade verabschieden, als Max fragte:

»Warum muss ich gehen und sehe ich Dich wieder? Es war so schön mit Euch. Ich würde zu gern noch etwas bleiben!«

»Du hast es doch gerade gehört. Suche und warte nicht auf die Dinge, sondern lass Dich von ihnen finden!«

Die meisten Träume werden vergessen. Kaum, dass wir aus dem Schlaf erwachen, sind sie auch schon für immer verschwunden, haben sich unserer Erinnerung entzogen. Gelegentlich aber bleiben uns die Schlafgebilde erhalten, begleiten uns oft tagelang, bedrücken oder erfreuen uns anhaltend.

So erging es auch dem kleinen Max, als er am folgenden Morgen in seinem Bett erwachte. Die vielen Erlebnisse auf dem nächtlichen Markt, die Geschichten und die Worte des alten Mannes waren ihm noch sehr bewusst. Er vermochte sich überhaupt nicht zu erklären, wie er nach seiner Rückkehr wieder in sein Bett gekommen war und redete sich ein, dass das alles lediglich ein schöner und verrückter Traum gewesen sein musste. Bald schon stand er auf, stürzte wie jeden Morgen voller Elan in den Tag eines Jungen und verdrängte die nächtlichen Erlebnisse wenigstens ein Stück weit.

Einige Tage später war endlich Weihnachten. Am Morgen schien der Junge noch etwas aufgewühlt, was sich allerdings nach dem Frühstück langsam wieder legte. Er hatte inzwischen immer wieder versucht, sich an die Worte des Geschichtenerzählers zu halten und Ruhe zu bewahren, was ihm anfangs nur langsam, mit den Tagen aber immer besser gelang. Dann kam der Abend und die Zeit der Bescherung. Max wollte in diesem Jahr aus besonderem Grund einen genauen Blick auf den Weihnachtsmann werfen. Sein Bruder hatte nämlich gesagt, dass die Eltern den Schulhausmeister Lauke, der die Kinder während der Pausen immer ärgerte, für den Job engagiert hatten, dieser verkleidet durch die Nacht rennt, die Geschenke unter den Kindern verteilt und dafür auch noch Geld kassiert. Dem wollte Max auf die Schliche kommen, um endlich Klarheit wegen seiner inneren Zweifel an der Existenz des Weihnachtsmannes zu bekommen. Doch es kam alles so ganz anders.

Dann war Bescherung. Dir Tür öffnete sich und im selben Moment stockte dem Jungen der Atem. Er traute seinen Augen nicht, denn unter dem roten Mantel erkannte er sofort den Zauberer aus der Wüste, hörte dieselbe ruhige Stimme, sah denselben langen Bart. Da gab es überhaupt keinen Zweifel.

Aber das war doch nur ein Traum, sagte Max zu sich selbst. *Das kann nicht wirklich sein. Wie geht das? Was ist mir da begegnet? Wer hat das gemacht?*

Der weihnachtliche Besuch dauerte nur wenige Minuten. Der Junge hatte seine Geschenke, auf die er so lange und sehnsüchtig gewartet hatte, kaum wahrgenommen. Er starrte wie gebannt zum Weihnachtsmann, der sich zuletzt noch einmal zu ihm umdrehte, in die Augen blickte, abermals seinen rechten Zeigefinger erhob, diesmal aber nichts sagte. Dann kam es wie auf der Bühne in der Wüste. Er verschwand einfach so, war plötzlich fort.

Tags darauf ging der Junge zu seinem Großvater in die Werkstatt und erzählte ihm dieses und jenes, jedoch nichts von seinem Traum oder vom Weihnachtsmann. Nur zögerlich und scheu wagte er einen Blick unter die Werkbank und wollte wissen, ob es die geheimnisvolle Tür wirklich gab oder er sich alles nur eingeredet hatte. Und tatsächlich. Da war sie. Unauffällig und klein. Man musste schon genau hinsehen, um sie zu erkennen.

Dann sagte der Großvater zu seinem Enkel:

»Ich habe sie wieder abgeschlossen und den Schlüssel gut verwahrt!«

Er machte eine kleine Pause, sprach dann aber weiter:

»Hinter den Türen des Lebens verbergen sich oftmals seltsame Geheimnisse, Wunder oder auch Enttäuschungen. Was dort wirklich zu finden ist, erfährt nur, wer den Mut aufbringt, sie zu durchschreiten!«

Wie der Staub der Sterne

(nach einer Idee von Gisela Hildebrandt)

Da stand ich nun in der Eiseskälte dieses stillen Dezemberabends. Vollkommen unbekleidet, reglos, ganz allein und permanent den um diese Jahreszeit recht heftigen Unbilden der Natur ausgesetzt. Über mir ein wolkenfreier Himmel, der nur sehr selten im Jahr einen derart wunderbaren Blick in die fantastische Anzahl leuchtender Sterne erlaubt. Es ist einfach unglaublich, denn die wirklich schönen Dinge im Leben kosten oft nichts und warten nur darauf, erkannt und bestaunt zu werden. Was den kosmischen Zauber in seiner tiefen Unendlichkeit betrifft, muss man in einer dieser klaren Nächte lediglich nach oben schauen, sich einen Moment Zeit nehmen und von dem atemberaubenden Anblick mitreißen lassen. Es war und ist immer wieder kaum möglich, so tief einzuatmen, um die Schönheit dieses Wunders erfassen zu können. Ich weiß wirklich nicht, wie oft ich mich schon gefragt habe, ob es eine noch schwärzere Dunkelheit geben könnte, als die zwischen den funkelnden Lichtern hoch über mir. Lange habe ich in solchen Nächten nach oben geschaut, um dieses wunderbare Bild in mir aufzunehmen, es für mich zu bewahren. *Weißt Du wie viel Sternlein stehen...* heißt es in einem bekannten Kinderlied und nein, auch ich weiß es nicht. Woher auch. Wenn ich ehrlich bin, will ich das auch gar nicht. Mir reicht es, dass sie da oben funkeln, als ginge es um das letzte Leuchten auf dieser Welt und mein kühles Herz erfüllen, denn nicht alles muss unbedingt erklärt und in Worte gefasst werden. Genauso wenig, wie sich alle Dinge im Leben immer lohnen oder rechnen müssen. Zumeist reicht es, wenn es einfach nur Spaß macht. Doch eigentlich wollte ich gar nicht oder wenigstens nicht so ausschweifend von den Sternen erzählen.

Ich stand also einfach so da und spürte den leichten, aufgrund der herrschenden Temperaturen schneidenden Wind, der an den verfrorenen Ästen der Büsche und Bäume rupfte, sie leicht schüttelte und dadurch deren dünne Eishülle zerbrach. Das war in diesem Moment das einzig wahrnehmbare Geräusch dieser froststarren Winternacht. Während sich die meisten Menschen zum Schutz in ihren Häusern verkrochen hatten und das nahende Weihnachtsfest vorbereiteten, stand ich weiterhin draußen und fühlte mich trotz meiner Nacktheit pudelwohl. Ach, was sage ich. Ich war hin und weg, wie sich die Natur an diesem Abend zeigte.

Bereits am Nachmittag stand ich wie immer reglos in diesem hübschen Vorgarten und sah den vielen Kindern beim Spielen zu. Nicht so richtig gefiel mir, dass ich ob meiner körperlichen Unbeweglichkeit im Laufe ihres wilden Treibens zur Zielscheibe ihrer Schneebälle wurde. Einer dieser frechen Lümmel, es war der mit den roten Haaren, hatte ernsthaft gemeint, der Hut auf meinem Kopf müsse abgeschossen werden. Das war sehr unfair, denn es handelte sich um mein einziges Kleidungsstück. Doch kaum dass ich mich versah, hatte meine Kopfbedeckung nach nur wenigen Wurf- und Zielversuchen der überaus lauten Rasselbande auch schon neben mir im Schnee gelegen. Wenn Sie wenigstens den Anstand besessen hätten, ihn mir anschließend wieder aufzusetzen. Aber nichts da. Ich musste bis zum späten Nachmittag warten, als sich ein vorbeikommendes Mädchen erbarmte und meine Kopfbedeckung dorthin setzte, wo sie hingehörte.

»So, jetzt siehst Du wieder schick aus«, sagte sie, lächelte mich an, wickelte mir ihren wunderschönen roten Schal um den Hals und ging ihres Weges.

Wie gern hätte ich mich bei diesem zauberhaften Wesen bedankt, aber neben der mir angeborenen Starre neige ich ebenfalls dazu, niemals auch nur ein einziges Wort von mir zu geben. Nicht einmal zu einem Augenzwinkern bin ich fähig, das ich ihr hätte zuwerfen können und so verschwand die lustige kleine Maus in der Dämmerung. Inzwischen war die Straßenbeleuchtung eingeschaltet worden und aus den Häusern schimmerte warmes Licht, als auf dem Gehweg vor meinem Garten ein älteres Ehepaar durch den tiefen Schnee stapfte. Vermutlich machten die zwei noch einen kleinen Abendspaziergang, bevor sie es sich zu Hause gemütlich machen würden. Aufmerksam stützte der Mann seine etwas unsicher gehende Frau und achtete darauf, dass sie sich auf ihren Beinen hielt.

»Mach Dir keine Sorgen. Ich bringe Dich wieder heile nach Hause«, sagte der Mann.

»Aber das weiß ich doch. Das hast Du doch immer getan«, antwortete seine Gattin.

»Immer wenn es so schneit, denke ich an unsere Flucht. Damals. Erinnerst Du Dich noch?«, sagte er.

»Oh ja. Ich erinnere mich sehr genau. Damals aber waren wir noch jung. Da hat uns vieles nichts ausgemacht.«

»Es ist schade, dass wir Schlesien nie wieder besucht haben. Ich hätte gern gewusst, was aus unserem Haus geworden ist und wo unsere Nachbarn und Freunde abgeblieben sind«, ergänzte der Mann.

»Ich denke, es ist gut, dass wir die Heimat nicht mehr gesehen haben. Wer weiß, was uns dort erwartet hätte. Allein die Erinnerung an unsere Kindheit und Jugend tut so weh. Lassen wir es so, wie es ist. Jetzt spazieren wir Heim, dann gibt es noch einen Tee und anschließend gehen wir schlafen.«

Ich hing dem tröstlichen Bild, dass das Paar in mir hinterließ, noch einen Moment nach. Dann dachte ich mir, dass sie vermutlich ihren gesamten Lebensweg gemeinsam gegangen waren und überlegte, was sie alles erlebt und überstanden hatten. Ganz sicher trugen sie eine Unmenge Erfahrungen in sich und waren noch immer zusammen unterwegs. Es war ein wunderschöner Anblick, diese Zweisamkeit und diese noch immer innige Liebe zu sehen. Dann aber und ganz plötzlich rutschte das Öhmchen auf dem glatten Untergrund aus und saß nach glücklicher Landung auf dem Hosenboden in einer großen Schneewehe, die Ihren Sturz sanft abgefedert und das Muttchen aufgefangen hatte.

»Ach je, da habe ich nicht aufgepasst«, sagte ihr Mann in besorgtem Ton und fragte, ob ihr irgendwas weh tat.

»Aber nein«, schalte ihm eine lachende Stimme aus dem Schnee entgegen.

»Es ist doch nicht Deine Schuld. Es ist Winter und da ist es eben auch mal sehr glatt.«

»Jetzt erzähl mir keine Geschichten und steh auf, sonst erkältest Du Dich noch.«

Als der alte Mann seiner Frau unter die Arme griff, kamen die frechen Jungs vom Nachmittag von ihrem abenteuerlichen Streifzug durch die Gemeinde zurück und liefen zu dem Ehepaar, um zu helfen. Ich hatte diese Hilfsbereitschaft nun wirklich nicht erwartet und konnte nicht umhin, den nachmittags noch frechen Rabauken ihre Streiche mit dem Schneebällen zu verzeihen. Auch meine kleine Freundin, von der ich den roten Schal bekommen hatte, befand sich auf dem Heimweg und bot sich an, das Ehepaar nach Hause zu begleiten. Es offenbarte sich mir ein rührender Anblick. Oma und Opa, das freundliche Mädchen, aber auch die Jungs gemeinsam davongehen zu sehen, war einfach nur schön. Da ich aber von Natur aus meinen Kopf keinen Millimeter bewegen kann, verschwand die Gruppe sehr bald aus meinem Blickfeld.

Tags darauf kamen ein paar Mädchen die Straße entlang und führten ihre Pferde mit sich. Es war eiskalt geworden und die Schritte der Tiere knautschten laut im über Nacht hart gefrorenen Schnee. Die ausgeatmete Luft der Tiere erstarrte im Nu zu Eiswölkchen, sobald sie die warmen Höhlen ihrer Nüstern verlassen hatten. Als sie bei mir vorbeikamen, sah mich eines der Pferde mit großen, geradezu erschrockenen Augen an, richtete sowohl den Kopf als auch die Ohren gespannt auf und weigerte sich, auch nur einen Schritt weiterzugehen. Das Mädchen, dem dieses wunderschöne Tier gehörte, wandte sich der verängstigten Seele zu und redete einige Momente sanft auf das Pferd ein. Dabei streichelte sie vorsichtig den mächtigen Hals und brachte es tatsächlich zur Ruhe. Bald aber wurde der Vierbeiner neugierig, sah, dass meine leuchtende Nase eine große Mohrrübe war, nahm all seinen Mut zusammen, drängelte sich frech nun gegen den Gartenzaun und schob seinen Kopf lang nach vorn.

»Nein, das kommt nicht infrage«, griff das Mädchen, das sein Tier offensichtlich genau kannte, entschlossen ein.

»Futter bekommst Du zu Hause. Los. Zuuuuuuurück!«, kommandierte sie und zog das Pferd rückwärts.

Enttäuscht und jetzt vollkommen angstfrei zu mir schielend, gab das Tier nur zögerlich nach und schon trotte es gehorchend am Führstrick seines kleinen, jedoch resoluten Frauchens davon.

Am nächsten Morgen schlief ich tatsächlich etwas länger als sonst oder sollte ich besser sagen, dass ich erst am Mittag erwachte? Die Kinder spielten bereits im Schnee und genossen die weiße Pracht, die nächtens in großen Mengen vom Himmel gefallen war. Da sich die grauen Wolken verzogen hatten, strahlte die Sonne aus allen Knopflöchern und versprach einen wunderbaren Wintertag. Wie immer musste ich erst einmal die Lage checken. Welche Kinder spielten mit wem, welcher Nachbar hatte noch keinen Schnee gefegt und wer kam von woher die Straße entlang. Alles Dinge, die für mich wichtig waren und Abwechselung in mein einigermaßen monotones Leben brachten, denn ich kam ja niemals vom Fleck und stand immer nur in meinem Vorgarten. Ein paar Mädels, darunter auch dieser liebe kleine Engel des Vortages, blieben vor mir stehen und schienen mich zu bewundern. Mein Hut, ein ehemaliger Kochtopf, in dem sicherlich schon manche Kartoffelsuppe gekocht worden war, schien sie zu faszinieren und mein neuer roter Schal passte offensichtlich gut zu meiner weißen Nacktheit.

»Ob er des Nachts hier draußen friert«, wollte eine von ihnen wissen.

Ach, wenn ich ihr doch antworten könnte. Dann würde sie erfahren, dass ich mir keinen besseren Platz als hier draußen vorstellen könnte. Doch ich brachte keine Silbe über die Lippen, so sehr ich es auch gewollt hatte.

Es ist mein mir von der Natur zugewiesenes Wesen, nackig in der Landschaft herumstehen und auf ewig zu schweigen. Dumm nur, dass die Menschen nie erfahren haben, dass trotzdem wirkliches Leben in mir war und jedes Jahr aufs Neue ist. Genau aus diesem Grunde erzähle ich diese Geschichte und bin der Hoffnung, dass vielleicht die Kinder einmal etwas genauer hinsehen und erkennen, dass die Dinge im Leben nicht immer nur das sind, was sie zu sein scheinen, es nicht unbedingt das Schlechteste ist, sich die Zeit für einen zweiten, tieferen Blick zu nehmen, seiner Neugier zu folgen und nicht immer mit nur einer Meinung zufrieden zu sein. Bei den Tieren wirkt das etwas anders, denn der Dackel der alten Frau Meier kläfft mich jedes Mal giftig an, wenn er mit seinem Frauchen des Weges kommt. Vermutlich kann er es sich nicht erklären, warum ich so ganz anders bin und einfach nur so reglos dastehe. Und seinem Frauchen von dem Leben in mir zu berichten, dass das Tier offensichtlich erkennt, vermag er ebenfalls nicht. Recht ähnlich wird es beispielsweise auch dem Pferd gegangen sein, das Tags zuvor mit hungrigen Augen nach meine Nase gierte. In den folgenden Wochen sollte es täglich mehrfach vor mir auf der Straße entlanggehen und mich argwöhnisch aus den Augenwinkeln beobachten. Ob es noch immer nach einem Weg suchte, an die Mohrrübe in meinem Gesicht zu gelangen, vermag ich nicht zu sagen. Möglich, dass die Vierbeiner ihrem Unterbewusstsein deutlich näher sind als die Menschen. Vermutlich nehmen sie die Welt aus einem ganz anderen Blickwinkel wahr.

»Vielleicht sollten wir ihm eine Tasse warmen Tee bringen«, meinte ihre Freundin.

Um Gottes Willen, bitte nichts Warmes. Das bekommt meiner kühlen Seele überhaupt nicht gut und brächte mein kaltes Herz ins Rotieren, ging es mir durch den Kopf.

Glücklicherweise rettete mich der kleine Blondschopf und erwähnte, dass so ein Typ wie ich nichts Warmes trinkt.

Dann geschah etwas Seltsames. Die Mädels wollten zum Weihnachtsmarkt, setzten sich in Bewegung und gaben den Blick auf den Garten des gegenüberstehenden Hauses frei. Dort stand sie vollkommen unerwartet vor mir. Wunderschön, volle runde Hüften, schweigend, reglos und unbekleidet. Täuschte ich mich oder sah sie geraden Blickes zu mir herüber? Vielleicht mochte sie mich so, wie ich sie auf der Stelle toll fand. Diese leicht frivole Art, wie sie mich ansah und ihre Nacktheit ließen keinen anderen Schluss zu. Auch sie hatte eine schöne Mohrrübennase, einen blauen Schal und einen knallroten Topf auf dem Haupt. Ich gebe es zu. Ich war schockverliebt. Bereits der erste Blick hatte mein Inneres aus dem Gleichgewicht katapultiert. Mein unbändiges Verlangen, zu ihr zu gehen, um ihr meine Liebe zu offenbaren, wurde bereits in der Absicht aus bekannten Gründen erstickt. Wer weder gehen noch sprechen oder nicht einmal winken kann, steht in solchen Momenten vor einer unüberwindbaren Hürde. Vermutlich geht es dem Mond ebenso wie uns Schneemännern und -frauen. Auch er sieht die wunderschöne große und hell leuchtende Sonne immer vor sich, doch die

Liebe des Erdtrabanten und dem glühenden Fixstern wird für immer unerfüllt bleiben, da sie sich niemals aufeinander zubewegen können. In diesem Moment beneidete ich die Menschen wirklich. Sie können überall hin und sagen, was in ihnen vorgeht. Erstaunlicherweise aber nutzen sie diese Möglichkeiten nicht so, wie es ihn oftmals guttun und helfen würde. Insbesondere, wenn Sie sich verlieben, halten Sie anfänglich mit ihren Emotionen und Gedanken sehr häufig hinterm Zaun, anstatt sich zu offenbaren. Das Leben ist doch deutlich zu kurz, um so verschwenderisch damit umzugehen, denn die Liebe lässt sich nicht verleugnen, sucht und drängt unaufhörlich nach ihrer Offenbarung. Zuletzt liegen sie sich sowieso alle in den Armen und gestehen sich ihre tiefe Zuneigung. Warum also nicht gleich die eigenen Emotionen zeigen. Mir allerdings würde das nie gelingen und so musste ich meine Erfüllung in den heißen und zugleich eiskalten Blicken meiner reglosen Herzensdame von gegenüber zu finden versuchen, was mir wirklich schwer fiel.

Ganz anders als der Großteil anderer Menschen machte es die Nachbarin, die zwei Häuser weiter die Straße runter zu Hause war. Sie trug eine offene Seele in sich und ließ ihren

Gefühlen freien Lauf, wie aus dem zu erkennen war, was ich am Weihnachtstag beobachtete.

Von meinem verschwiegenen Platz aus konnte ich insbesondere zur Abendzeit sehr gut in das Wohnzimmer ihrer Familie schauen und bewunderte allabendlich die behagliche Gemütlichkeit in dem von mildem Licht erfüllten Raum. Ein geschmückter Weihnachtsbaum unterstrich das wunderbare Flair und täglich beobachtete ich das sicherlich glückliche Ehepaar mit den beiden Kindern am Tisch vor dem Fenster beim Abendessen. Wie sehr ich mir gewünschte hatte, nur eine Stunde in ihrem Kreis verbringen zu dürfen. Aber ich hatte es ja schon erwähnt. Ich kam niemals von meinem Platz weg und ein warmes Kaminzimmer wäre nicht wirklich gut für mich. Nun aber zum Weihnachtsabend. Es war inzwischen dunkel und die Zeit der Bescherung. In allen Häusern konnte reges Treiben um die in hellem Kerzenlicht erstrahlenden Christbäume beobachtet werden. Irgendetwas schien mit dem Weihnachtsfest aber nicht zu stimmen, denn mir waren bereits drei Männer in rotem Mantel und mit weißem, langem Bart aufgefallen, die jeweils immer nur eine Familie besuchten. Vielleicht war das so viel Arbeit, dass jedes Haus von einem eigenen Weihnachtsmann versorgt werden musste.

Ich konnte das jedoch nicht klären, denn mir hat noch nie jemand etwas dazu gesagt. Um so erstaunlicher fand ich das Verhalten besagter Nachbarin. Sie war die Einzige, die den für sie zuständigen Weihnachtsmann auf der Straße abholte, was ich ausgesprochen nett fand, denn so konnte sich dieser nicht irren und möglicherweise an der falschen Tür klingeln. Sie kam jedenfalls aus ihrem Haus und traf unmittelbar vor meinem Zaun auf den roten Mann, dem sie unvermittelt um den Hals fiel und halblaut zuflüsterte, dass sie ihn schon so lang vermisst hatte. Das konnte ich gut nachvollziehen, denn so ein Jahr ist ja auch ganz schön lang. Aber vielleicht meinte sie auch ganz etwas anderes. Wie dem auch sei. Die beiden verschwanden unvermittelt in einer dunklen Ecke, sodass sie nicht mehr zu sehen waren. Ich konnte jedoch beobachten, wie sie sich noch immer fest umarmten, doch zu hören war eine ganze Weile nichts, was ich irgendwie seltsam fand. Ich hatte jedoch keine Ahnung davon, fand aber die freundliche Zuneigung der Nachbarin sehr anständig. Bald löste sie sich aus seinen Armen, ging zurück in ihr Haus und der Weihnachtsmann folgte wenige Minuten später. Ich war einigermaßen erstaunt, dass die Frau sich völlig überrascht gab, als der Weihnachtsmann zunächst an der Haustür klingelte und anschließend ins Wohnzimmer trat. Ich meine, die zwei hatten sich erst Minuten zuvor gesehen und die Mutter wusste doch, dass er die Familie gleich besuchen würde. Vielleicht aber muss das alles so sein. Die Menschen erschienen mir in ihrer Art dann und wann zunehmend recht seltsam. Zuletzt machte ich mir keine weiteren Gedanken darum und freute mich für die Familie, dass die Kinder eine solch rührige Mama und der Vater eine so wunderbare Ehefrau hatte.

So ging der weihnachtliche Abend dahin. Erfüllt von einer besonderen Stille, die unsere Straße in eine beruhigende Stimmung hüllte und von der ich hoffte, sie würde die ganze Welt umspannen. In dieser Atmosphäre wünschte ich mir um so mehr, ich könnte wenigstens ein paar Schritte auf die mich unentwegt anstarrende Schönheit im Vorgarten gegenüber zugehen oder ihr einige Worte zurufen. Doch das war uns beiden nicht gegeben, denn ich war mir sicher, auch sie wollte mich gern besuchen und Hallo sagen. Vielleicht würden wir uns dann auch so in den Armen liegen wie zuvor die nette Frau und der Weihnachtsmann.

Spät am Abend lebte der Nordwind auf und trug schneidende Kälte im Gepäck. Mit der sich bewegenden Luft zogen dicke Wolken übers Land, die neuen Schneefall brachten und Frau Holles schwere Last im ganzen Land abluden. Verfroren ging das alte Jahr zu Ende und mit buntem Feuerwerk wurde ein Neues eingeläutet. Die Nordhalbkugel dieser Welt war im Schnee der Wintermitte versunken und die Natur träumte einen tiefen Traum. Auch wenn noch lange nicht daran zu denken war, würde sich irgendwann die Richtung des Windes ändern und in nicht allzu ferner Zukunft das Wetter mit den frostigen Temperaturen vorüber gehen, um der warmen Jahreszeit den ihr gebührenden Platz zu machen. Dann werden auch ich und meine große Liebe von gegenüber gehen müssen, denn wenn wir eines nicht vertragen, dann ist es die Wärme der immer höher steigenden Sonne, obwohl ich gern einmal blühende Blumen und grüne Wiesen sehen würde. Doch die Dinge auf dieser Erde haben ihren Ort, ihre Zeit und ihre Bestimmung. Absolut nichts ist zufällig und alles bedingt einander. So gibt es keine Ernte ohne Saat, keinen Morgen ohne den Abend und auch kein Werden ohne Vergehen. Aber nichts verschwindet wirklich. Die Dinge ändern lediglich ihren Zustand, denn in der kosmischen Unendlichkeit geht niemals auch nur ein einziges Atom verloren. Egal, was passiert. Das gilt für alle Ewigkeit.

Vor diesem Hintergrund habe ich auch keine Furcht, bald fortgehen zu müssen, denn die Zeit verrinnt und es wird alle Jahre ein neuer Winter übers Land ziehen. Dann werde ich wiederkommen mit dem Schnee, der wie der Staub der Sterne ganz leise durch die Wolken auf die Erde fällt.

Ein Mensch unter Menschen

Es war noch früh am Morgen und wir hatten den Pegel bereits wieder auf zwölf gestellt. Wir, das war die Sekundarstufe eins unseres Gymnasiums. Eine wilde Horde Jungen und Mädchen, die des Abends nie ins Bett wollte und am Morgen immer zu spät aus den Federn kroch. Lustlos am Frühstückstisch und noch halb schlafend auf dem Weg zur Schule. Alles wurde anders, wenn die magische Tür des Klassenzimmers durchschritten wurde. Dann erwachte wie aus dem Nichts auch die größte Trantüte zum Leben und das chaotische Durcheinander nahm wie von einem Schalter angeknipst genauso unvermittelt wie laut seinen Lauf, denn irgendetwas Neues oder Aufregendes gab es immer, das diskutiert werden musste. Heute war es die Frisur unseres Klassenkaspers Willi, der tags zuvor mit seinem Opa, einem ehemaligen Soldaten, zum Friseur gegangen war und aussah, als wäre er die Treppe hinuntergestürzt.

»Den Prozess gewinnst Du« war noch einer der netten Kommentare seiner höchst sensiblen und mitfühlenden Klassenkameraden, der für schallendes Gelächter sorgte.

Willi aber ließ es einfach auf sich herabregnen, schaute vollkommen entspannt in die Runde und raunte nach einigen weiteren doofen Sprüchen:

»Jetzt habt Ihr eine große Klappe, aber wenn wir nachher eine Mathearbeit schreiben und hinterher die Hausaufgaben kontrolliert werden, macht jeder von Euch Schnarchhaken dicke Backen!«

Treffer ins Schwarze. Der katastrophale Haarschnitt war in dieser Sekunde vollkommen bedeutungslos und aufgeregte Stimmen fragten:

»Am letzten Tag vor den Ferien? Das ist ungerecht! Das ist reine Schikane. Klassenarbeiten und Hausaufgaben braucht doch kein Mensch. Das ist wie aus dem letzten Jahrhundert!«

»Hast Du gelernt?«

»Nö, Du etwa?«

»Was kommt überhaupt dran?«

»Keinen Dunst!«

»Au backe, das geht in die Hose. Noch eine Fünf kann ich mir nicht erlauben. Mein Vater steigt mir gewaltig aufs Dach!«

Geräuschlos kam er durch die Tür, hängte seinen reichlich verschlissenen Lodenmantel an den Haken, setzte sich an das Pult, entnahm seiner abgewetzten Ledertasche ein dickes

Buch, schlug es auf und begann wortlos darin zu lesen. Ich beobachtete ihn als einziger, denn die anderen waren in ihrer Furcht vor der Klausur noch immer in tuschelnden Grüppchen vollkommen abgelenkt.

Dr. Bergmann war ein kleiner, geradezu kauzig wirkender Lehrer, der sich nicht nur in seiner Erscheinung von den anderen, oft strengen und nach dem Empfinden der Schüler im höchsten Maße ungerechten Paukern ausnahm. Er sprach immer in sachlichem Ton, achtete seine Schüler, half jenen, die im Kopf nicht ganz so fix waren, behutsam auf die Sprünge und gab niemals Hausaufgaben auf. Das machte ihn besonders beliebt und sorgte immer wieder für Unmut in der Lehrerschaft.

Was diese munteren Rabauken nicht im Unterricht lernen, begreifen sie zu Hause erst recht nicht, war seine Devise, mit der er zu einhundert Prozent recht hatte, wie Willi ihm unlängst vor der Klassengemeinschaft erklärte.

»Aber Willi, was hast Du denn für eine Ahnung von der Prozentrechnung?«, wollte er von unserem Schlaumichel wissen, was ein weiteres Mal für schallendes Gelächter sorgte, den Jungen wie immer überhaupt nicht störte.

»Auf jeden Fall verstehe ich so viel, dass ich Ihnen mit den Hausaufgaben recht gebe und das reicht doch fürs Erste!«, war die unmittelbare und mutige Antwort.

Und genau das war es, was Dr. Bergmann auf seinem Plan hatte. Er wollte, dass wir selbstbewusste und selbstbestimmte junge Menschen würden, die aufrecht auf das Leben zugingen und ihr Glück suchten. Von daher ließ er Willi diesen kleinen rhetorischen Triumph vor seinen Kameraden und wusste, dass die Rasselbande während dieses kleinen Dialoges aufmerksam zugehört und mehr gelernt hatte, als es durch irgendwelche Hausaufgaben möglich gewesen wäre. Also drehte er sich mit verschmitztem Grinsen ab, ließ den Moment im Raum stehen und wandte sich anderen Themen zu.

Jetzt aber saß er an seinem Pult und las. Minuten vergingen und die meisten Schüler kehrten ihm noch immer den Rücken zu. Dann aber zeigte er mit nur einem kurzen Satz seinen extrem wachen Geist, seinen versteckten Witz und seine unbestrittene Autorität, die er niemals anders als in den cremefarbenen Mantel der Freundlichkeit kleidete.

»Meine Ferien sind es ja nicht. Ich kann auch bis heute Abend hier sitzen!«

Augenblicklich reagierten alle, hörten auf zu quasseln und setzten sich an ihren Platz. Ohne weitere Worte des Lehrers kehrte Ruhe ein. Niemand sagte auch nur ein Wort. Das alles machte Dr. Bergmann ganz ohne Druck oder Ermahnungen, denn seine äußerlich durchaus unscheinbare Persönlichkeit beherbergte einen extrem geraden und überlegenen Charakter, den zu respektieren niemand zu verweigern wagte, sofern man diesen Menschen nur ein Stück weit kennengelernt hatte. Dann saß er entspannt auf seinem Tisch, schaute in die Runde und ließ die Stille einem Nebel gleich durch den Raum wabern. Plötzlich hob Willi seinen Arm, Dr. Bergmann nickte ihm zu und der Junge fragte:

»Warum haben wir bei Ihnen Unterricht? Eigentlich müssen wir Mathe bei Frau Wittenberg haben?«

»Sie ist erkrankt und heute nicht in der Schule. Eure Klassenarbeit hätte auch jemand anderes schreiben lassen können, aber ich habe mich vorgedrängt und gesagt, dass ich etwas anderes mit Euch vorhabe. Außerdem sind Klausuren am letzten Schultag überflüssig, wie ein Kropf, denke ich!«

»Damit gebe ich Ihnen wieder zu einhundert Prozent recht!«, kam es von Willi, der die Erleichterung seiner Mitschüler registriert hatte.

»Das Thema Prozentrechnung hatten wir doch schon«, lächelte Herr Bergmann freundlich zurück.

»Also. Die Klausur schreibt Ihr im neuen Jahr. Dann kann ich Euch aber nicht mehr retten, denn auch ich habe heute meinen letzten Schultag!«

Das war allen klar, denn in den Ferien kommt ja niemand zur Schule, mochten die Schüler gedacht haben.

»Nicht wegen der Ferien. Ich werde heute meinen letzten Unterricht halten und gehe dann in Pension. Es sind also unsere letzten gemeinsamen Stunden und aus diesem Grund wollte ich heute noch einmal zu Euch kommen!«

Die Stimmung im Klassenraum veränderte sich in derselben Sekunde. Dr. Bergmann war aus verständlichen Gründen sehr beliebt und sein für alle Schüler unerwarteter Fortgang riss ein großes Loch in die jungen Seelen. Der Lehrer sprach noch einen Moment darüber und erklärte seine Beweggründe.

»Doch ein wenig bringe ich Euch heute noch bei. So einfach werdet Ihr mich nicht los!«

Jeder lauschte aufmerksam seinen Worten, denn niemand wollte etwas aus diesen letzten beiden Stunden mit ihm verpassen.

»Welches ist die wichtigste Frage der Welt? Kann mir das jemand sagen?«

Die Schüler sahen sich fragend an und neugierig im Klassenzimmer um. Woher sollten sie das wissen?

Alle richteten ihre Augen erwartungsvoll auf den Lehrer.

»Gut. Dann will ich Euch helfen. In wenigen Tagen ist Weihnachten. Darauf freuen wir uns. Es gibt Geschenke, leckeres Essen, keine Schule und geschneit hat es auch schon. Zugegeben, eine schöne Zeit. Doch habt Ihr Euch schon einmal gefragt, warum wir Weihnachten feiern? Warum wir uns beschenken? Warum stellen wir Weihnachtsbäume auf, schmücken sie, machen Kerzen daran und lassen den Baum zur Bescherung erstrahlen? Warum gibt es einen Nikolaus ausgerechnet am sechsten Dezember und jetzt bald den Weihnachtsmann? Und um das Kuriositätenkabinett zu vervollständigen. Warum haben beide einen roten und keinen grünen oder blauen Mantel?«

Wir liebten diese Form von Unterricht. Auf seine überaus einfühlsame Art brachte er unsere Oberstübchen gehörig ins Rattern. Alle mochten das Weihnachtsfest, aber wer von uns ist dem Fest schon einmal auf diesem Weg begegnet?

Seit unserer Kindheit nehmen wir nicht nur den Nikolaustag und das Weihnachtsfest einfach so hin. Und jetzt das. Ich war einfach noch zu unwissend, um mir diese Lektion des Lehrers bewusst erklären zu können. Von diesem Tage an aber begann ich damit, vor allem die unscheinbarsten Dinge zu hinterfragen und lernte sehr bald, dass praktisch nichts einfach so da ist, sondern eine Entstehungsgeschichte hat.

Wir waren damals noch so jung und doch gab uns Dr. Bergmann immer das Gefühl, als spräche er mit großen Kindern, als suche *er* nach Antworten und nicht *wir*. Doch erinnere ich mich sehr genau. Er wusste irgendwie immer alles. Dieser kleine Mann war ein wandelndes Lexikon und niemals um eine Antwort verlegen. Wenn er einmal nicht sofort zu antworten in der Lage war, konnte man sicher sein, dass er sehr bald und von sich aus mit der richtigen Antwort um die Ecke kam. Dabei ging es ihm jedoch nie um Besserwisserei, sondern nur um den Gedankenaustausch.

Vielleicht kann man ja von dem Wissen der anderen noch etwas lernen, war seine Devise, die er uns ständig vermittelte und für die ich ihm bis heute dankbar bin, da ich sie immer wieder in meinem Leben beherzigt habe.

Dann erzählte der Lehrer mit überaus interessanten Worten über das Schenken zum Weihnachtsfest, das vor langer Zeit mit dem *Wurfbrauchtum* begonnen hatte. Der Legende nach bewahrte nämlich der kleine Nikolaus, bevor er später Bischof von Myra, einer Stadt in der Türkei wurde, drei arme Jungfrauen vor einem Leben auf der Straße, in dem er ihnen Geschenke zuwarf, die sie als Mitgift verwenden konnten.

Der mildtätige und großherzige Bischof starb um das Jahr dreihundertvierzig an einem sechsten Dezember, womit sich das Datum unseres heutigen Nikolaustages von selbst erklärt. Der Weihnachtsmann hingegen ist nichts anderes als eine Kunstfigur und entstand erst zum Ende des neunzehnten Jahrhunderts. Während der Weihnachtsmann die Kinder nur beschenkt, hat der Nikolaus böse Kinder mit seiner Rute bestraft. Ursprünglich geht das aber auf ein Überstreichen mit einem Myrrhezweig zurück und sollte den Kindern neben den Geschenken vor allem Gesundheit bringen. Schon seit Alters her tragen Knecht Ruprecht, wie der Nikolaus auch genannt wird, und der Weihnachtsmann in verschiedenen Teilen der Erde unterschiedlich farbige Mäntel an. Dass der rote Mantel die Erfindung von *Coca Cola* ist, bleibt eine Mär. Tatsächlich hatte der Getränkehersteller in den Dreißigerjahren des zwanzigsten Jahrhunderts den Weihnachtsmann für Werbezwecke etabliert. Seinen roten Mantel hatte er damals aber schon.

Und so schüttete Herr Bergmann sein Wissen über uns aus, bis unsere Augen immer größer wurden. Was es nicht alles über die Festtage zu erzählen gab, war unglaublich spannend. Dann aber neigte sich der Unterricht zum Ende. Die Zeit war nur so dahingeflogen und der Beginn der Ferien nahte. Die ganze Rasselbande hatte Dr. Bergmann neugierig zugehört. Selbst das Klassenradio Willi, sonst in jedem Unterricht auf Sendung und immer für lustige Störungen gut, hatte den Funk eingestellt und schweigend gelauscht.

»Willi, hast Du Dir alles gemerkt?«, wollte Dr. Bergmann von ihm wissen.

»Klar, wie immer. Das wissen sie doch!«

»Genau deswegen frage ich noch mal nach. Aber sei gewiss, dieses Mal gibt es keine Klassenarbeit über die heutigen Themen.«

»Wodurch Ihr Weihnachtsfest um ein deutliches Stück schöner wird«, ergänzte Willi den Satz.

»Wie wahr, wie wahr«, sagte der Lehrer leise lächelnd in die Runde und steckte seine Bücher in die alte Aktentasche.

Alle wussten, dass dieser etwas zu klein geratene Mann mit seinem übergroßen Geist und seinem warmen Herzen gleich ein letztes Mal durch die Tür gehen würde. Ich hatte besonders während der letzten Minuten in die Gesichter meiner Mitschüler geschaut und gesehen, wie sehr jeder und jede Einzelne von ihnen diesen Lehrer mochte. So etwas wie Traurigkeit legte einen unsichtbaren Schleier über unsere Häupter. Schweigen machte sich breit. Eine so laute Stille, die von niemandem überhört werden konnte. Dr. Bergmann ging langsam zur Tür. Als er seine Hand auf den Griff legte, erhoben sich alle Schüler und sahen ihn an. Er verharrte eine Sekunde, drehte sich noch einmal zu uns um und sagte:

»Eine letzte Frage habe ich noch. Ihr werdet sie mir heute nicht beantworten können. Aus diesem Grund merkt sie Euch bitte und versucht später einmal für Euch selbst die Lösung zu finden. Also. Warum kann es auf der Erde dunkel werden, wenn am Abend die Sonne untergeht? Welche tiefgreifende Erkenntnis offenbart sich uns dann?«

Schweigen. Niemand hatte die Ahnung einer Antwort. Auch Willi nicht. Alle waren damit beschäftigt, die Frage und ihren

Sinn im Kopf zu sortieren, so ungewöhnlich waren des Lehrers Worte. Dieser genoss das lautlos Knistern in den Köpfen, nickte kaum wahrnehmbar, öffnete die Tür und drehte sich noch ein letztes Mal zu uns um.

»Wundert Euch im Leben. Seid neugierig und fragt, warum ist dieses so und das wieder so. Warum? Das ist die wichtigste Frage der Welt. Sie führt am Ende zu allen Antworten des Lebens.«

Dann verschwand er aus unseren Augen. Sich langsam entfernend vernahmen wir seine leiser werdenden Schritte auf dem Flur und dann war er fort. Für immer.

Damals war mir das nicht so bewusst, aber gespürt hatte ich es schon, dass wir zu vieles im Leben einfach so als gegeben hinnehmen. Den tatsächlichen Wert erkennen wir oftmals erst, wenn wir es nicht mehr haben, es verloren ist. So sollte es auch mir ergehen, denn ich sah Dr. Bergmann niemals wieder und von diesem Tage an fehlte er mir.

Viele Jahre sind inzwischen vergangen. Ich habe selbst Familie und bin in meinen besten Jahren angekommen, wie man so schön sagt. Gerade ist es wieder Weihnachtszeit und wie in jedem Jahr kommt mir Herr Dr. Bergmann besonders in diesen Tagen in den Sinn. In jenem Winter meiner Kindheit hatte ich ein Lexikon zu Weihnachten geschenkt bekommen, in dem ich auch heute noch gern blättere. Es ist mir eine liebe Tradition geworden, mir am Heiligen Abend das dicke Buch des Wissens zur Hand zu nehmen und ein Gläschen Wein auf das Wohl meines Lehrers zu trinken. Seine Frage bezüglich des Sonnenuntergangs habe ich mir längst beantwortet und über die Antwort war ich tatsächlich erstaunt. Dabei lernte ich, dass man seinen Geist weit öffnen muss und auch die verrücktesten Ideen zulassen sollte, denn so haben es die großen Denker auf den verschlungenen Wegen zu ihren Zielen auch getan.

Ich habe nie wieder einen Menschen wie Dr. Bergmann getroffen und ich weiß auch nicht, wo er abgeblieben ist. Ich hoffe, dass es ihm noch immer gut geht und er nach wie vor auf den Pfaden der Neugier unterwegs ist. Wie gern würde ich ihm noch einmal begegnen.

In der Klasse haben wir uns selbstverständlich noch oft und ausführlich über unseren Lehrer unterhalten. Willi erzählte einmal, er wäre für ihn wie ein väterlicher Freund gewesen und die Mädels mochten ihn besonders für seine unglaubliche Freundlichkeit, für seine Geduld, seine Nachsicht und seinen Enthusiasmus, uns alle zum Lernen zu bewegen. Es fand sich niemand, der auch nur ein einziges negatives Wort über ihn sagte und jeder sprach von der riesigen Lücke, die Dr. Bergmann bei allen hinterlassen hatte. Ich für meinen Teil war einerseits erstaunt, wie vielschichtig ein einzelner Mensch auf andere wirken konnte. Andererseits war es auch nicht verwunderlich, denn auch in mir hat er tiefe Spuren hinterlassen. Ich habe lange gebraucht, bis ich für seine Bedeutung in meinem Leben die richtigen Worte fand. Natürlich gab ich all meinen Kameraden mit ihren Beschreibungen recht, doch war er für mich tatsächlich sehr viel mehr. Zuletzt denke ich, dass es ihm gerecht wird, wenn ich sage, er war und ist ein Mensch unter Menschen.

Höllische Weihnacht

Das nimmt von Jahr zu Jahr unaufhörlich zu und ich weiß langsam nicht mehr, wie ich das künftig noch schaffen soll. Diese Traditionspflege ist schön und gut, allerdings vollkommen aus der Zeit. Alles muss ich von Hand machen und wenn ich den Überblick verliere, welches Päckchen wo abzuliefern ist, fange ich wieder von vorn an. Wenn die Digitalisierung doch endlich einmal vorankäme, dann würde das schon sehr helfen. Aber nichts da. Man kann beantragen, was man will. Passieren tut nur wenig bis gar nichts. Und wie soll ich das alles nachher verstauen? Ich sehe es schon kommen, dass wir uns völlig überladen auf den beschwerlichen Weg machen. An ein sicheres Lenken sollte man einfach keinen Gedanken verschwenden, aber von den Entscheidern ist ja niemand draußen unterwegs. Die sehen überhaupt nicht, wie die Geschäfte ablaufen. Mein Gott, was für ein Stress in diesen Wochen.

»Das habe ich alles ganz genau gehört«, raunte eine tiefe, durchdringende und alles einhüllende Stimme von irgendwo her.

»Ist ja schon gut«, raunte der Weihnachtsmann halblaut und reichlich mürrisch vor sich hin.

Er arbeitete bereits seit Stunden in einem himmlischen Untergeschoss, verstaute die riesigen Geschenkberge und fragte sich, wann sein Schlitten wegen Überlastung den ersten Kufenbruch erleiden würde.

Und dann die armen Rentiere. Was die ziehen müssen, ist geradezu unverantwortlich. Wenigstens habe ich zwei weitere Tiere für das Gespann bekommen, ging es Santa Claus durch den Kopf.

»Et hätt noch immer jot jejange«, antworte die zuvor erwähnt Stimme.

»Du sollst nicht immer unaufgefordert in meinen Gedanken herumspazieren. Die sind nämlich auch hier oben frei. Mein Oberstübchen ist doch kein Wandelgang oder gar ein Rosengarten, der zum Flanieren einlädt«, murrte der Weihnachtsmann verärgert in seinen grauen Bart.

»Nun, mein Lieber. Ich bin der Herrscher dieser Welt und wenn alle Wesen dieses wunderschönen Planeten möchten, dass sich das Erdenrund weiterdreht und an jedem Morgen ein neuer Tag erwacht, dann muss ich in jedem Moment die Gedanken allen Lebens wissen. Folglich weiß ich auch immer, was gerade in Deinem Kopf los ist.«

Diese Art des Zwiegesprächs kannte Santa Claus bereits aus den vergangenen Jahrhunderten. Insgeheim wollte er den lieben Gott aus der Reserve locken und ihn dazu bringen, sich ihm wenigstens ein einziges Mal zu zeigen. Da dieser aber auch die Absichten des roten Mannes kannte, würde das Vorhaben erst dann gelingen, wenn sich der Vater allen Seins von selbst offenbaren wollte. Lediglich ein einziges Mal hatte der Weihnachtsmann für einen Augenblick so etwas wie einen schemenhaften Schatten erhaschen können. Dessen Umrisse waren aber mit keiner ihm bekannten Form vergleichbar, und so blieb es trotz Jahrhunderte langer Zusammenarbeit dabei, dass weder er noch irgend jemand sonst wissen konnte, wie Gott aussieht. Und das würde wohl auch künftig so bleiben.

»Genau so ist es, denn ich möchte, dass mich jede Seele in allem erkennen und dort finden kann, wo sie möchte. Manch einer oder manch eine sieht mich vielleicht in einer Blume, andere wieder in einem Stein, im Anblick des Meeres oder in seinen Gedanken. Und wer weiß. Möglicherweise bin ich gegenwärtig in allem, was ist.«

»Sag mir doch wenigstens, ob Du männlich oder weiblich bist.«

»Wofür ist das wichtig, denn zuletzt werde ich für Dich immer das sein, was Du in mir siehst, und das gilt für jedes einzelne Wesen.«

Das war unserem himmlischen Paketzusteller eindeutig zu verrückt. Die bildliche Vorstellung Gottes überforderte ihn. An dieser Stelle wandte er sich wieder seiner Aufgabe zu und belud weiter seinen Schlitten.

Es versteht sich von selbst, dass einer allein eine solche Fuhre nicht zu den kleinen und großen Kindern bringen konnte. Aus dem Grund hatte man in überaus himmlischer Großzügigkeit dem Väterchen gestattet, vier Engel mit auf die Reise zu nehmen. Drei der göttlichen Elfen wies man ihm zu, die vierte aber suchte er sich selbst aus. Darauf mußte er bestehen, denn das hatte einen ganz besonderen Grund.

Maitje war ein noch junges Mädchen, dessen Zeit auf der Erde viel zu früh geendet hatte. Das arme Ding musste sein

Auskommen im verspiegelten Irrgarten der Beliebigkeit, in dem bunte Lichter die große Verheißung des Lebens simulieren, verdienen. Kurzum. In der Adventszeit des vergangenen Jahres hatte er das hübsche Mädchen leblos in den nasskalten Docks des Hafens von Amsterdam aufgefunden und auf seinen Schlitten geladen. Aufgrund ihres fragwürdigen und liederlichen Lebenswandels war die Hölle ihre Bestimmung, doch der Weihnachtsmann hatte das Gute in ihrer Seele sofort erkannt und im Garten Eden aufopfernd Fürbitte geleistet. Über den Wolken mochte bald jeder dieses zuvorkommende Wesen, schätzte die freundliche und selbstlose Hilfsbereitschaft. Inzwischen war sie in seinem Team und leiste mit demütiger Haltung fantastische Engelsarbeit.

So ganz anders war es mit der Gottesbotin Greta, die auf einem großen Schloss ihr Leben als wohlversorgte Baronin gefristet hatte. Als sie auf der Insel der Seeligen ankam, bewies sie ihre ausgeprägten Integrationsprobleme, verlangte bereits an der Himmelspforte höfische Behandlung und forderte die beste Suite. Nachdem sie begonnen hatte, auch die himmlische Security zu kommandieren, hallte Gottes unwiderstehlich mahnende Stimme durch die Wolken, worauf Madame Etepetete voller Ehrfurcht heftig zusammenzuckte und sich kampflos geschlagen gab, was ihr so auf Erden nie und nimmer passiert wäre.

Wenigstens für den Moment, war es ihr durch den Kopf gegangen und sie plante, ihren Adelsballon zu einem späteren Zeitpunkt noch einmal starten zu wollen.

»Versuch es gar nicht erst. Ehe Du Dich versiehst, landest Du in der Hölle. Ich bin überall und sehe genau, was Du tust und weiß, was Du denkst.«

»Ist ja schon gut«, meinte die ehemalige Freifrau, senkte schuldbewusst ihr Haupt und schlich von dannen.

Liesel kam als Dritte in den Bund des Quartetts. Auf Erden war sie immer eine treu sorgende Ehefrau für ihren mürrischen Gatten Alois und den gemeinsamen drei Kindern. Noch besser aber war sie in ihren Job als Reinigungskraft, den sie seit jungen Jahren in der Münchener CSU-Parteizentrale aufs reinlichste erledigte. Sie war es, die über Jahrzehnte im Büro des jeweils amtierenden Ministerpräsidenten wischte und wenn der Chef des Hauses zugegen war, auch gleich mal ihre nicht immer maßgebliche Meinung zu aktuellen politischen Themen ungefragt, dafür aber nachhaltig verkündete. Hoch erfreut über die Abwechslung der unmissverständlichen Meinungsäußerung einer urbayrischen Hausfrau hörten ihr die Herren immer gern und durchaus belustigt zu. Ein einziges Mal hatte sich ein Regierungschef fahrlässiger weise auf das dünne Eis begeben, der Liesel das Gefühl von der Unwichtigkeit ihrer Ansichten unterzujubeln. Nachdem er tags darauf die Heimsuchung des entfesselten Alpensturms mit Feudel in der Hand körperlich unbeschadet überlebt hatte, wagte weder er noch einer seiner Nachfolger wieder, der Dame in die Parade zu fahren. Frei nach dem Motto, dass alles einmal vorübergeht und auch die dunkelste Stunde nur sechzig Minuten hat, hörten sie sich vorgetäuscht geduldig alle Statements widerspruchslos bis zur letzten Silbe an und ließen das Unabwendbare über sich ergehen. Das mit der Geduld allerdings änderte sich regelmäßig immer dann, wenn sie ausführlich über den allgemeinen Wählerwunsch nach einer Ministerpräsidentin referierte. In diesen Momenten hatten die Herren urplötzlich einen dringenden Termin und verließen eiligst den Raum. Über die vielen Jahre hatte sie das Kommen und Gehen vieler Landesväter erlebt. Alle gingen irgendwann, nur die Liesel blieb, bis sie eines schönen Tages wie wir alle dann doch auf die andere Seite des Himmels musste. So stand sie dann mit Schrubber, Wischtuch und Eimer am göttlichen Tore und bat um Einlass. Seit diesem Tag ist es hoch über den Wolken in allen Ecken blitzblank. Es dauerte einige Zeit, bis man ihr erklärt hatte, dass politische Bildung hoch oben in den Wolken nicht en vogue ist. Seither mimt sie die Eingeschnappte, sagt aus Überzeugung nichts mehr und feudelt sich so durch die himmlischen Tage.

Ebenso schweben seit einiger Zeit sämtliche Engel wohl frisiert mit teilweise sehr mutigen und außergewöhnlichen Frisuren zwischen den Wolken herum, denn eines schönen Tages betrat Gabi, eine kecke Berliner Göre mit großer Klappe und noch größerem Herzen die überirdische Bühne. Ein wenig schrill, ziemlich bunt auf dem Schopf, was im deutlichen Widerspruch zur göttlichen Kleiderordnung steht, dafür aber äußerst kommunikativ. Das heißt im Grunde nichts anderes, als dass beim Frisieren in ihrem Engelszimmer sämtliche Schweigegelübde sowohl mit voller Wucht über Bord als auch in den Wind geworfen werden und jeder über alles und jeden Bescheid weiß.

Bald war endlich der ersehnte Tag gekommen, da sich der rot gerockte Liebling aller Kinder mit seinen Helferinnen auf die Reise machte. Der Schlitten ächzte unter seiner Last, als er zunächst zögerlich, dann aber doch ordentlich Fahrt aufnahm. Wer dem Gespann hinterher sah, konnte seine Furcht vor dem möglichen Scheitern der heiligen Mission wohl kaum verkneifen. Doch Santa Claus war ein geübter Fahrensmann. Ihn brachte so schnell nichts aus der Ruhe. Vom Himmel hoch ging die Fahrt steil bergab und die fleißigen Rentiere kamen schwer ins Keuchen, denn die zunehmende Wirkung der irdischen Schwerkraft drückte die riesigen Geschenkberge mächtig nach unten. Kurz bevor das Himmelsgespann auf die schneebedeckten irdischen Berge aufsetzte, musste noch ein langer dunkler Tunnel durchfahren werden, in dem es aufzupassen galt. In der Finsternis waren verschiedene Ausfahrten, die man nicht nehmen durfte und eine, die es galt, auf gar keinen Fall zu verpassen. Da der Schlitten des Weihnachtsmanns aus Kostengründen keine Scheinwerfer hatte, offenbarte sich eine kniffelige Aufgabe, die an diesem Tag leider nicht gelöst wurde. Das Gespann erlitt zwar nicht den befürchteten Kufenbruch, doch die Überladung brachte es ins Schlingern, das sich sehr bald zu einem ordentlichen

Schaukeln mauserte. Und dann geschah genau das, was nicht passieren durfte. Im turbulenten Sturzflug sah der Weihnachtsmann den für ihn so wichtigen Abzweig noch schemenhaft hinter dem Schlitten verschwinden und wusste sofort, wohin die Reise von nun an ging. Doch sagte er dazu nichts, um die Damen nicht jetzt schon zu beunruhigen.

Sie werden noch früh genug erleben, wo wir zum Stehen kommen, ließ er seinen Gedanken freien Lauf.

Bald bemerkte Maitje in gelassenem Ton:

»Ganz schön warm hier unten.«

Darauf Gabi:

»Kommt das durch den irdischen Klimawandel?«

Sagte der Weihnachtsmann:

»Nein. Viel schlimmer. Sehr viel schlimmer.«, was die Engel einfach überhörten, denn spätestens, seit sie im Himmel zu Hause waren, gehörte es nicht mehr zu ihrem Naturell, sich vor irgendetwas zu fürchten. Also sausten sie erwartungsvoll und tiefenentspannt durch die Dunkelheit. So dauerte es nur noch wenige Minuten, bis sich der fast freie Fall durch den ebener werdenden Tunnel zu einer normalen Fahrt entwickelte und die Reisenden bald vor einem großen Tor zum Stehen kamen. Den bereits einige Zeit andauernden mürrischen Blick des Weihnachtsmanns führte das Engelsquartett auf den schwindelerregenden Sturzflug durch die finstere Schwerelosigkeit zurück und so dachten die Damen auch darüber nicht weiter nach. Gebannt bestaunten sie mit offenen Mündern und großen Augen den überdimensionalen Eingang.

»Sieht schon sehr skurril aus, das Ganze«, sagte die Baronin.

»Vermutlich hatte der Künstler keinen guten Schlaf und schlechte Träume, als er dieses Ungestüm schuf«, ergänzte Gabi.

»Das wird es sein, denn nur am tiefsten Punkt einer anhaltenden Sinnkrise kann man etwas derart Destruktives fabrizieren.«

Sie tauschten noch einen Moment lang ihre Eindrücke aus und bemerkten nicht, dass ihr Chef eine extrem skeptische Miene aufgesetzt hatte. Angeklopft werden musste an diesem Eingang jedenfalls nicht, denn wie von Geisterhand öffnete sich die pechschwarze Pforte und offenbarte eine völlig andere, sehr seltsame Welt. Mit lautem Knarren bewegte sich einer der beiden Torflügel. Heraus quoll eine heftige Wärmewolke, die von rötlichem Lichtschimmer begleitet wurde. Dann tat sich sekundenlang nichts, bis sich eine seltsame Kreatur durch den geöffneten Spalt zwängte. Das Wesen hatte lange, dünne Beine und einen viel zu großen, eher kantigen Kopf, der von einer langen Nase geziert wurde.

Mit quäkender, reichlich unmännlicher Stimme plärrte die klingonenähnliche, androgyne Erscheinung dem Team Weihnachtsmann entgegen:

»Wer seid Ihr und was wollt Ihr hier? Das ist kein Ort für Euch!«

»Wer ist das denn«, wollte Gabi wissen und konnte ihr ewig freches Grinsen kaum verbergen.

»Sieht aus wie eine Mischung aus Spongebob und Hans Huckebein«, stelle sie vorlaut fest und erinnerte sich an den Unglücksraben aus den Wilhelm-Busch-Geschichten, die ihr ihre Oma früher immer vorgelesen hatte.

»Wir haben auf dem Weg zu den Menschen die richtige Tunnelausfahrt verpasst. Da es keinen anderen Weg gab, mussten wir notgedrungen bis an dieses Tor fahren«, sagte der Weihnachtsmann mit etwas unsicherem Ton.

Genau darüber wunderten sich seine Begleiterinnen, denn wenn es jemanden gab, der immer und überall vor Selbstsicherheit strotzte, dann war es ihr Chef. Allerdings sollten Die Mädels sehr bald schon erfahren, warum er sich so zögerlich und zurückhaltend verhielt.

Daraufhin gab Spongebob zum Besten:

»Hier könnt Ihr aber nicht bleiben und das weißt Du sehr genau.«

»Aber wo sollen wir denn heute Nacht noch hin. Zurück funktioniert um diese Zeit nichts mehr und einen anderen Weg, so gern wir ihn auch nehmen würden, gibt es nicht.«

Wie aus dem Nichts herbeigezaubert stand urplötzlich etwas abseits eine große Gestalt. Ganz in Schwarz gekleidet. Mit genauso roten wie krummen Hörnern auf dem Kopf weckte er (wie konnte es anders sein) Gabis Aufmerksamkeit.

»Wo kommst Du denn so plötzlich her? Ist das Zauberei oder eine Teufelei?«, fragte sie keck.

»Aber nein, lass mich raten. Du warst auf einem AC/DC-Konzert. Dort tragen die Fans auch immer so lustige Hörner auf dem Kopf. Ansonsten finde ich Deine Aufmachung etwas übertrieben und mit Deinem Pferdefuß solltest Du auch mal etwas tun. Aber gut. Vermutlich feiert Ihr gerade so etwas wie Karneval. Da kann man das schon mal so machen. Doch lass es Dir gesagt sein. So erschreckst Du niemanden!«

Jetzt meldete sich Matje zu Wort:

»Das ist cool. Maskenbälle finde ich toll. Können wir nicht hier übernachten und noch ein Stündchen mitfeiern?«

»Das wäre hinnehmbar«, sagte die Baronin und wagte sich (den Himmel weit entfernt wissend) mutig hinter dem Busch hervor.

»Ich benötigte aber ein geräumiges Zimmer, mindestens eine, besser zwei Zofen und Morgen ein petit dejeuner mit Milchkaffee, einem Croissant und eine Crème brûlée. Alles andere würde meinem Stand nicht entsprechen.«

So ging die Konversation noch paar Momente weiter, bis das Quartett endlich die besänftigenden Gesten des Weihnachtsmanns wahrnahmen und hinterfragte.

»Chef, was ist nur los? Sie sind seit geraumer Zeit schon so seltsam?«, wollte Liesel wissen.

Während der Weihnachtsmann das Wort ergriff und seinen Mädels die tatsächlichen Umstände zu erklären versuchte, dachte sich der Man in Black:

»Na wartet, Ihr ungezogenen Gören. Ihr werdet gleich schön zart geröstet. Vorher bringe ich Euch aber noch den nötigen Respekt bei.«

Aufwühlend waberten die zornigen Gedanken zwischen seinen Hörnern hin und her und sorgten dafür, dass er sich über eine derartige, ihm völlig fremde Missachtung noch schwärzer ärgerte, als er schon war. Doch das fiel bei seinem Dress niemandem weiter auf. Vor allem den vier Engeln wäre das auch vollkommen schnuppe gewesen.

Der Gehörnte lauschte nun schweigend den mahnenden Worten des Santa Claus und erwarte von den Mädels eine entsprechend ehrfürchtige Reaktion. Jetzt, da sie wussten, wo sie gelandet waren. Doch an dieser Stelle fuhr er die nächste Abfuhr ein, denn die himmlischen Ladys nahmen das alles recht beiläufig und unaufgeregt zur Kenntnis.

Dachte der Schwarze bei sich:

»Da oben zwischen den Wolken ist ein Engel ja nichts Besonderes. Das ist allerdings nur im Himmel so. Auf der Erde, bei den Menschen ist das schon etwas vollkommen anderes. Es gibt sie auch dort, doch die meisten Erdenbürger sind aufgrund ihrer Eigennützigkeit kaum in der Lage, so ein Wesen zu erkennen, wenn es ihnen begegnet. Hier unten in meiner glühend heißen Heimstatt allerdings kommen diese zarten Geschöpfe so gut wie niemals vor. Um so mehr freue ich mich über diesen Besuch. Sollen sie nur weiterhin frech sein. Sie

werden schon sehen, wohin sie das bringen wird, denn im Höllenfeuer gegrillt werden sie eine leckere Speise zum Abend.«

In seiner Verärgerung über die zickigen Wortbeiträge der vergangenen Minuten hatte er seinen Rachegedanken unglücklicherweise vor dem großen Tor freien Lauf gelassen, sodass der Herr im Himmel Wind davon bekam und sich prompt zu Wort meldete:

»Luzifer!«, hallte nur dieses eine Wort bedrohlich aus der tiefen Dunkelheit des Tunnels.

Der Teufel erschrak und ihm wurde unvermittelt kalt. Es gab zwei Dinge, die er abgrundtief hasste. Das war einerseits Kälte und andererseits jegliche Zurechtweisung durch das Konkurrenzunternehmen hoch über ihm. Nun gut. Er hatte einen Fehler gemacht, wusste aber, dass er hinter seinem geschlossenen Tor unangreifbar war. Obwohl, so ganz sicher war er sich dann doch nicht, ob der Allmächtige zuletzt nicht auch dort in der Lage war, das Höllenfeuer zum Erlöschen zu bringen. Also gab er schleimend nach und sagte dem Weihnachtsmann:

»In meiner teuflischen Großzügigkeit werde ich Euch für eine Nacht politisches Asyl gewähren. Also. Tretet näher und seid meine Gäste. Es soll Euch an nichts fehlen.«

Kurz bevor sich das Tor zur Hölle hinter ihnen schloss, hallte ein tiefgekühltes, das Mark erweichende und alles erbarmungslos durchdringende:

»Ich warne Dich nur dieses eine Mal« durch den Tunnel.

Nicht mal in seinem eigenen Reich ist man der Chef im Ring, dachte sich der Teufel. *Das wird er mir büßen. Bei der nächsten Verteilung der Seelen wird der da oben ordentlich draufzahlen. Ich lasse es mir nicht mehr gefallen, dass ich immer nur die Schmutzigen, die Ganoven und anderen menschlichen Abschaum bekomme. So ein paar knusprige Elfenwesen wären doch wirklich mal etwas und der schlechte Ruf meines Unternehmens könnte tatsächlich etwas gepimpt werden.*

Spongebob erhielt den Auftrag, die Gäste entsprechend unterzubringen und sie um zwanzig Uhr Höllenzeit zum Abendessen zu bringen.

»Sieh aber zu, dass die Damen dicht bei mir sitzen. Santa Claus kannst Du ruhig an das andere Ende des Tisches verfrachten«, wies er ihn im Vorbeigehen an.

»Wo geht es hier zu meinen Gemächern und wo bitteschön ist mein Hofstaat. Wenn hier nicht gleich was passiert, ziehe ich ganz andere Saiten auf«, plärrte Greta energisch los.

Bevor sich Satan für den Moment von seinem Besuch verabschiedete, machte er noch einmal kehrt, um der Baronin unmissverständlich einzubläuen, wer hier im Jenseits der alleinige Taktgeber, der unangefochtene Zampano, das dominierende höllische Alphatier war. Also setzte er eine teuflisch düstere Mine auf und wollte gerade mit einer feurigen Rede loslegen, als Madame ihm schon vor der ersten Silbe in die Parade fuhr und losdonnerte:

»Du kannst ja hinter Deiner unmöglichen Maske versuchen, den dicken Max zu spielen. Bei mir erreichst Du damit gleich nichts. Das haben schon ganz andere versucht.«

»Das hat mir noch niemand geboten«, schnaufte der Seelenlose und spie glühend heiße Dampfwolken aus seiner großen Nase.

»Und überhaupt. Was heißt hier Maske?«

»Du willst mir doch nicht sagen, dass Du wirklich so aussiehst?«, kicherte Greta.

»Aber den Trick mit dem Dampf aus der Nase musst Du mir mal zeigen. Der ist echt lustig.«

Das war einfach zu viel. Das konnte der Ewige des Schattenreichs definitiv nicht ertragen, mochte sich andererseits auch besonders von Hans Huckebein nicht anmerken lassen, dass ihm so spontan nichts Passendes einfiel, ihm praktisch die Worte fehlten.

Keinen Respekt hat die heutige Jugend mehr vor alt gedientem Personal. Wo soll das alles noch hinführen. Im Himmel müssen ja echt Zustände herrschen, murmelte er grimmig in sich hinein und verschwand.

Erst viel später erklärte der Weihnachtsmann seinen Engeln, dass sie dem tatsächlichen Satan gegenüber gestanden haben und warum uns der Teufel immer so erscheint, wie er zuvor ausgesehen hat:

»Des Teufels Problem ist, dass, wenn er mit uns Menschen in Kontakt treten will, er sich in eine irdische Gestalt verwandeln muss, denn wie alle Geisterwesen ist er von Natur aus für Menschen nicht sichtbar. Und wenn er für uns eine physische Gestalt annimmt, hat neben all seinen körperlichen Eigenheiten wie Krallen, die Hörner, die schwarze, verkohlte Haut und vielem mehr, einer seiner Füße das Aussehen eines Pferdefußes. Wie er allerdings in seiner Welt wirklich aussieht, weiß niemand. Das ist genauso wie bei unserem Herrn im Himmel. Auch ein Studium der Bibel hilft da nicht weiter, denn über den Antichristen wird dort nur selten und wenig berichtet.«

Die Ausführungen verursachten weder bei Greta noch bei den anderen Mädels einen großen Eindruck. Auch nicht die Spur von Schamgefühl oder die Einsicht, dass sie sich für die Zeit ihres Aufenthalts im tiefen Schlund des Fegefeuers vielleicht vorsichtiger und gewählter äußern sollten. Sie scherten sich sprichwörtlich einen Teufel um des Gehörnten Empfindlichkeiten. Sagten und taten ohne Rücksicht auf Verluste weiterhin einfach das, was ihnen in den Sinn kam.

Liesel hatte auch als Engel nicht wirklich von ihren irdischen Talenten lassen können und rannte wie alle Engel im weißen Satinkleid mit hübschen kleinen Flügeln herum, hielt aber stetig ihren alten Schrubber und Eimer in den Händen. Für sie war es auch im sterilen Paradies des Himmels erst dann sauber, wenn sie eigenhändig aufgewischt hatte. Nun war sie aber im notorisch schmutzigen, diabolischen Underground gelandet und hatte sich unmittelbar nach Betreten des ewig düsteren Reichs von ihrer Reisegruppe unauffällig entfernt und im wahrsten Sinne des Wortes aus dem Staub gemacht. Obwohl diese Wortwahl einigermaßen unpassend erscheinen mag, denn Liesel und Staub passten genau so wenig zueinander, wie eine Kuh und das berühmte Klavierspielen.

Auf ihrer Suche nach einem ersten Betätigungsfeld hatte sie sich ausgerechnet durch eine Tür mit der Aufschrift Devils Home gewagt und war so in das vermutlich schmutzigste Zimmer der dunklen Heimstatt gelangt.

Was für ein Saustall, dachte sie, holte einmal tief Luft und ließ ihre ungezügelten Talente von der Kette.

Als der noch immer wütend schnaufende Eigentümer sein Heiligstes betrat, hatte sie den riesigen Saal bereits vollständig geflutet.

»Was zur Hölle ist hier los? Wer hat Dir das erlaubt?«, wollte er gerade lautstark weiter poltern, als ihm Liesel in die Parade fuhr.

»Kreizkruzefix - Himmeherrgott, Sakramt – mi leckst am Arsch, Du Pfannakuacha, Du windiga! Was ist das für eine Höhle. Hier wurde seit Jahrhunderten nicht mehr sauber gemacht«, keifte sie mit hochrotem Gesicht in ungebremster Lautstärke.

Der Teufel schnaubte erneut heiße Dampfwolken aus seinen aufgeblähten Nüstern, schwieg ein paar Sekunden und entgegnete, indem er sich abermals wutentbrannt abwandte, um schleunigst abzuhauen:

»Seit Jahrtausenden gute Dame. Seit Jahrtausenden. Und ich bitte darum, das Wort Himmel hier unten niemals wieder zu erwähnen!«

Liesel hatte das Gespräch noch auf die demokratische Wahl einer Teufelin lenken wollen, doch dazu kam es nicht mehr. Des Gehörnten Nerven lagen blank und ein solches Thema hätte ihn vermutlich unmittelbar in die Verzweiflung getrieben, auf die er sich geradewegs zubewegte. Allerdings war der aufreibende Abend für ihn noch längst nicht vorbei. El Diabolo ahnte jedoch nichts davon, als er die Tür seines Büros ins Schloss krachen ließ und sich auf einen entspannten Spaziergang in die nähere Umgebung aufmachte. Sehr bald schon auf dem Marktplatz angekommen, traf ihn fast der Schlag. Was er vor sich sah, war ein ungenehmigter Massenauflauf der Höllenbewohner. Insbesondere die verlorenen Seelen weiblichen Geschlechts drängelten sich um einen Stand, den offensichtlich der Engel mit den bunten Haaren eingerichtet hatte. In großen Lettern war über dem Eingang des Zelts das Wort Coiffeur zu lesen. In der Finsternis war es bislang aus Mangel an Möglichkeiten nicht sehr weit her mit der Haarpflege. Von daher nutzten fast alle weiblichen Seelen die sich bietende Chance, wohl wissend, dass die Engel nur für wenige Stunden anwesend sein würden und nicht alle Kunden an die Reihe kommen konnten. Genau dieser Umstand war der Auslöser des Tumults. Seit ihrem Einzug in das Reich der Finsternis wurde keine von ihnen ordentlich frisiert und da sie ohnehin liederliche Charaktere in sich trugen, ließen sie ihrem üblen Vokabular freien Lauf und brüllten einander an, als gäbe es kein Morgen mehr. Hans Huckebein krönte in des Teufels Beobachtungen das Chaos, da er mit schmachtendem Blick unentwegt die attraktive Friseurin anstarrte, von der er offensichtlich nicht nur die schrill gefärbten Haare mochte. Seine verliebten Augen hingen wie gefesselt an der auffallend hübschen Erscheinung. Wie paralysiert glotzte er jeder ihrer Bewegungen nach und nahm um sich herum nichts mehr wahr.

Was für ein Verrat. Was für ein Heuchler. Na warte. Für Dich lasse ich mir etwas ganz Besonderes einfallen. Lass diese Unruhe nur erst vorbei sein.

Doch von vorbei war zu diesem Zeitpunkt überhaupt noch keine Rede, als sich der Fürst der Finsternis angewidert abwandte und auf den Heimweg machte.

Nur wenige Straßenzüge weiter kam er in das höllische Kneipenviertel. Übelste Spelunken reihten sich hier einer Perlenkette gleich aneinander und bildeten einen diffus beleuchteten, dubiosen Ort, von dem sich Satan schon immer angezogen fühlte. Das sollte an diesem Abend jedoch ganz anders sein, denn hier sorgte Maitje für gehörige Aufruhr. Der Schattenmann hatte dieses Engelchen aufgrund ihrer stillen Zurückhaltung sofort in sein feuriges Herz geschlossen. Allerdings gab sie sich gerade vollkommen anders, nur nicht zurückhaltend. Um sie herum hatte sich eine ganze Horde Kerle miesester Herkunft gescharrt. Waren sie anfänglich von der Schönheit des himmlischen Wesens angelockt, hatte sie unter den Widerlingen eine große Anzahl ehemaliger Kunden entdeckt, die sie in ihrer irdischen Zeit ausgenutzt und schlecht behandelt hatten. Ebenfalls wurde sie derer habhaft, die sie damals in den Docks von Amsterdam verletzt und allein zurückgelassen hatten, bis sie der Weihnachtsmann gefunden und mit seinem Schlitten in den Himmel genommen hatte.

»Ich habe damals prophezeit. Für Euch alle konnte es nur den Weg in die Hölle geben und jetzt seid Ihr tatsächlich dort, wo Ihr hingehört. Ich hoffe, es geht jedem Einzelnen richtig schlecht. Verdient habt Ihr es auf jeden Fall.«

So ging es noch eine ganze Weile, bis jene, die das Mädel wirklich mochten, handgreiflich gegen Maitjes ehemaligen Peiniger vorgingen. Daraus entwickelte sich eine ausufernde und anhaltende Massenkeilerei zwischen Gut und Böse beziehungsweise zwischen schlecht und nicht ganz so schlecht, denn genau wie das Wort Himmel waren im tiefen Schlund des Fegefeuers auch Begriffe wie gut oder schön und ähnlichem mehr als verpönt. Alles geriet aus den Fugen. Nichts war mehr, wie es sein sollte. Die vier Engel hatten mit ihrem Erscheinen und ihren Aktivitäten binnen kürzester Zeit ausnahmslos alles auf den Kopf gestellt und das so gemütliche Dasein im Underground aus den Angeln gehoben. Kurzum. In der Hölle war der Teufel los. Für den Gehörnten war das Tohuwabóhu in seinem düsteren Reich längst nicht mehr zu ertragen. Ihm wurde alles einfach zu viel. Er sah keine andere Möglichkeit mehr, als sich beim Weihnachtsmann zu beschweren.

»Ich erkläre mich bereit, Euch vorübergehend Asyl zu gewähren und wie wird es mir gedankt? Deine vier Grazien bringen alles in Unordnung, stiften überall Unruhe und untergraben meine Autorität. Sollte das so weitergehen, fürchtet sich bald niemand mehr vor mir und ich komme in meine eigene, nämlich des Teufels Küche, wenn ich das mal so sagen darf.«

»Stimmt. Sie sind tatsächlich etwas skurril, wenn man sie unbeaufsichtigt lässt.«

»Machen die Gören das über den Wolken auch so? Dann muss es ja bei Euch recht lecker zugehen.«

»Sie haben es anfangs versucht, aber der Herr hat ihnen auf seine ihm eigene Art die Leviten gelesen und dann war alles gut. Auch bei uns herrscht tatsächlich so etwas wie sterile Sauberkeit und es gibt einige Engel mit zuweilen schrägen Frisuren. Aber sonst ist alles okay.«

»Mag ja sein, doch hier unten geht das nicht. Es muss ein angsteinflößendes Gegenstück zum Himmelreich geben. Nur so lässt sich der ein oder andere Gangster oder auch die Gangsterinnen vom Verlassen des rechten Wegs abhalten. Und wenn sie erst mal hier angekommen sind, sollen sie ja keinen Wellnessurlaub haben, sondern sich für das Schlechte in ihrem Leben verantworten. Du siehst, auch die Hölle und ihr ewig loderndes Feuer haben ihre Bedeutung. Da stören Deine Mädels ungemein.«

»Nun übertreib mal nicht. Wir bleiben doch nur für kurze Zeit und die Hölle ist riesengroß.«

»Dann schau mal hinaus und sieh, was Deine Prinzessinnen in diesen wenigen Stunden angerichtet haben. Du musst sie umgehend einsammeln und sie in ihre Zimmer sperren.«

»Vielleicht aber tut Dir ein Ausflug tatsächlich mal gut. Hast Du darüber schon mal nachgedacht? Ich hätte da einen sehr interessanten Vorschlag für Dich. Warum hilfst Du mir nicht einfach, die Geschenke auszuliefern?«

»Du meinst wir zwei? Wie stellst Du Dir das vor? Die Kinder machen sich doch vor Angst in die Hosen, wenn ausgerechnet ich mit den vielen bunten Paketen vor ihrer Tür stehe.«

»Ich weiß, dass Du auch eine gute Seite in Dir trägst. Vielleicht solltest Du diesem Teil in Dir auch einmal gerecht werden.«

Der Herr der Finsternis begann intensiv zu überlegen und dachte sich bald, dass es tatsächlich eine gute Idee wäre, dem höllischen Alltag für einen Moment zu entfliehen. Urlaub hat schließlich jeder mal verdient. Nach seiner Rückkehr würde er dann schon mit eisernem Besen kehren und alles wieder in

Ordnung bringen. Schließlich hatte er Zeit bis in alle Ewigkeit. Vorher ginge die Hölle ja auch nicht unter.

»Also gut. Lass es uns versuchen. Wann brechen wir auf?«

Am frühen Abend des folgenden Tages passierte der Schlitten mit seiner unglaublichen Last und seinen so ganz und gar unterschiedlichen Passagieren die in einem tiefen Wald versteckte Tunnelausfahrt. Von diesem Moment an stand einem besinnlichen Weihnachtsfest bei den Menschen nichts mehr im Wege.

Bei all den vielen Weihnachtsmännern, die in jedem Jahr überall auf der Welt unterwegs sind, wird niemand beweiskräftig sagen können, ob bei ihm oder ihr nicht doch einmal der richtige Weihnachtsmann die Geschenke gegeben hatte. Viele Familien ordern bei entsprechenden Servicedienstleistern für die Bescherung ein verkleidetes Double. Manches Familienoberhaupt versucht vielleicht auf diesem Weg und in Ermangelung eigener Autorität, seinem zuweilen ungezogenen Nachwuchs wenigstens an diesem besonderen Abend eine ordentliche Portion Respekt einzuflößen.

So war es nun auch bei Familie Hubertus, als es um Schlag neunzehn Uhr an der Tür schellte. Der Familienchef, der zu dieser vorgerückten Zeit bereits den oder anderen tiefen Blick ins Glas gewagt hatte, öffnete die Tür. Er staunte nicht schlecht aus seinen leicht glasigen Augen, als er dem etwas anderen Weihnachtsmann gegenüber stand.

»Na, Ihr lasst Euch ja was einfallen. Nach Weihnachten siehst Du aber nicht gerade aus. Ich habe den Typen aus der Hölle nie persönlich getroffen, aber Deine Verkleidung ließe ihn sicherlich vor Neid erblassen. Doch sei es drum. Hauptsache, Du hast die Geschenke dabei. Komm herein. Mein Sohnemann ist schon ganz nervös.«

Du wirst mich später einmal genauer kennenlernen, denn Dein Platz bei mir ist längst gebucht, dachte sich der Teufel in weiser Voraussicht und folgte der Aufforderung.

Sogleich tönte ein lautes *Hohoho* durch die Wohnung und der Teufel meinte, dass sein Auftritt als Engelsersatz bis hier hin recht ordentlich anlief.

Bald schon wurden schüchtern Gedichte aufgesagt, bei denen der Hausherr einen eher mäßigen Auftritt hinlegte, denn dass auch er in die Büdd unter dem Christbaum musste, hatte er keinesfalls erwartet und auch nicht gebucht.

Was soll das? Ich habe den Kerl doch für meinen Stammhalter und meine Gattin bestellt, überlegte er und suchte hilflos nach den letzten Gedichtefragmenten aus seiner Kindheit und legte los, als ihm eine für sein Verständnis poetische Spontanprosa aus der Schule in den Sinn kam:

»Oh Tannenbaum, oh Tannenbaum, der Lehrer hat mich blau gehau'n. Nun muss ich in der Ecke steh'n und mir die blöde Wand anseh'n. Oh Tannenbaum, oh Tannenbaum, der Lehrer hat mich blau gehau'n.«

Der kleine Felix, ganz anders als sein Vater mit einer äußerst sensiblen Seele ausgestattet, spürte sofort, wer hier ins Wohnzimmer getreten war. Er zeigte jedoch keine Angst, als er wenig später seine Geschenke aus den Klauen des Leibhaftigen überreicht bekam.

Mach Dir keine Sorgen, mein kleiner Freund. Du bist eine guite Seele. Es wird Dir nichts passieren, dachte der Chef des irdischen Untergeschosses und verschwand so schnell aus der Wohnung, wie er gekommen war.

Aus anderen Familien wurde bekannt, dass sie beim Anblick des Teufels die Wohnungstür vor Schreck gleich wieder zuschlugen und die Annahme der Geschenke verweigerten. Viele wollten sich beschweren, andere wiederum fanden die veränderte Weihnachtsaktion richtig gut.

Der Abend ging dahin und bald bekam Felix von seiner Mutter den Auftrag, eine große Tüte mit süßen Sachen zum Altenheim hinüberzubringen.

»Wir wollen auch an jene denken, die heute allein feiern müssen«, sagte sie ihrem Sohn, der sich sofort warm anzog und wenig später über den verschneiten Marktplatz stapfte.

Als er sich auf die Mitte des Platzes und den dort befindlichen Brunnen zubewegte, saß jemand ganz allein und schweigend auf einer Bank. Erst beim Näherkommen erkannte er den Teufel, erschrak, fasste sich nach ein paar tiefen Atemzügen ein Herz und sagte von Neugier erfüllt:

»Bist Du mit den Geschenken schon fertig?«

»Ja. Das bin ich. Ich habe mich extra beeilt, weißt Du.«

»Ich werde aber gleich abgeholt. Dann kann ich wieder nach Hause.«

Ich möchte überhaupt nicht wissen, wo das ist und wie es dort aussieht, ging es Felix durch den Kopf und dann fragte er:

»Ist Dir nicht kalt, wenn Du auf der verschneiten Bank sitzt?«

»Doch sehr. Und glaub mir. Wenn ich eines nicht mag, dann ist es Kälte, denn dort, wo ich herkomme, ist es immer glühend heiß.«

»Ich könnte Dir meinen Schal geben, wenn Du magst.«

So redeten die zwei noch ein kleines Weilchen miteinander und der Junge verlor seine Furcht, empfand sogar Mitleid für sein eigentlich gefürchtetes Gegenüber. Felix griff zuletzt in die große Tüte, gab dem Teufel eine Apfelsine und ein paar Kekse, um anschließend seines Weges zu gehen.

Ach, wenn ich doch auch ein paar liebe Herzen wie diesen Knirps in der Hölle hätte, dachte der Fürst der Finsternis und spürte, wie der Herrscher der Welt in seinen Gedanken spazieren ging.

Das wird es nicht geben, meldete sich eine entspannte Stimme in seinem Kopf.

Der Junge hat noch ein langes und wunderbares Leben vor sich und er wird sehr viel Gutes tun. Warum also sollte er bei Dir landen? Mach Dir keine Hoffnung, denn sein Platz ist hier schon längst reserviert. Zu Dir kommen die schwarzen und verlorenen Seelen, die schlechten Menschen, Ganoven und Diebe.

Das ist aber ungerecht, führte der Teufel den geistigen Dialog weiter.

Nein. Ist es nicht. Bedenke. Auf der Welt gibt Kälte und Wärme, die Nähe und die Ferne, das Schwere und das Leichte, das Gute und das Schlechte. Alles braucht seinen Gegenpart und alles bedingt einander. Folgerichtig muss es neben dem Himmel auch die Hölle geben.

Okay, aber warum habe ich dann den ganzen Abschaum und Du die guten Menschen? Warum ist es nicht umgekehrt?

Weil es so von Anbeginn des Seins geregelt ist.

Und wer hat das eingerichtet?

Ich natürlich. Wer denn sonst!

Warum Du?

Hör mir zu und vergiss meine Worte niemals. Schreib es Dir bis in alle Ewigkeit und einen Tag hinter Deine Ohren, denn daran wird sich zu keiner Zeit etwas ändern.

Ich bin die Macht und ich bin das Gericht. Du bist die Nacht, doch ich bin das Licht.

Zeit des Friedens

Es hatte bereits den ganzen langen Tag über heftig geschneit. Anfangs fielen nur kleine Flocken, doch ab Mittag verdunkelten sich die Wolken am winterlichen Himmel rasant. Der Niederschlag nahm deutlich zu, bis die Welt nach und nach von einer sich langsam schließenden Decke aus Puderzucker eingehüllt wurde. Der dichte Schneefall saugte alle Geräusche auf, sodass draußen eine ganz eigentümliche, äußerst angenehme Stille herrschte, die ich auch heute noch besonders mag. Nachmittags hatte ich vergeblich versucht, den Gehweg zu fegen, musste jedoch kapitulieren, da ich gegen die vom Himmel herabfallenden Mengen einfach nicht mehr ankam. Also stellte ich den Schneeschieber zur Seite, ging ins Haus und heizte den Kamin an. Natürlich haben wir auch eine Heizung, doch ist es mir in all den Jahren ein lieb gewordenes Ritual, die vorbereiteten Holzscheite einer Kiefer in den Brennraum zu legen, anzuzünden und die schnell wachsenden Flammen zu beobachten. Ein wunderbarer, archaischer Akt, denn schon die Menschen in der Steinzeit haben sich in den kalten Jahreszeiten am offenen Feuer gewärmt. Lautes Knacken der entflammten Scheite erfüllte den Raum und ein betörender Duft der ätherischen Öle des verbrennenden Harzes breitete sich aus. Wenn man in solchen Momenten seine Augen schließt und tief einatmet, fühlt es sich an, als befände man sich in einem wunderschönen Nadelwald. Schnell wurde es mollig warm in unserem Wohnzimmer und das Licht der kleinen Lampe auf meinem alten Schreibtisch aus der Biedermeierzeit vervollständigte die Gemütlichkeit. Ich stand am Fenster und bewunderte eingehend das winterliche Schauspiel der Natur. Die Sonne war bereits untergegangen und das letzte Licht der Abenddämmerung verlor sich langsam an die heraufziehende Nacht. Für mich sind das unbezahlbare, geradezu magische Minuten, die mich immer wieder unglaublich faszinieren. Meine Frau war ganz leise hereingekommen und hatte ein Kerzen angezündet, mich aber in meiner Nachdenklichkeit nicht unterbrochen oder gestört. Jetzt hörte ich sie in der Küche herumkramen. Sie bereitete das Abendessen vor und sorgte dafür, dass es im ganzen Haus lecker duftete. Als ich eine ganze Weile schweigend dagestanden hatte, kam unhörbar auf leisen Pfoten unser Kater namens Pepper aus irgendeinem seiner Verstecke hervorgekrochen, strich zunächst leise schnurrend um meine Beine und sprang anschließend elegant mit leichtem Satz auf die Fensterbank. Sogleich legte er sich zwischen die Blumentöpfe und schien zu erwarten, dass ich ihm das Fell kraulte.

»Ich bin nicht Dein Personal, Du kleiner Schwerenöter«, erhob ich nicht wirklich ernst gemeinten Protest, vermochte seinem herzerweichend auffordernden Blick aber nichts entgegenzusetzen und tat, was er verlangte. Draußen stapfte meine Tochter Michelle mit ihren Freundinnen durch den Winter. Die drei waren irgendwo in der Stadt unterwegs gewesen und hatten glücklicherweise rechtzeitig den Heimweg angetreten, bevor der Verkehr zum Erliegen kam. Sie war jetzt achtzehn Jahre, bildhübsch wie ihre Mutter und erhellte mit ihrem freundlichen Wesen jeden Raum, wenn sie nur durch die Tür kam. Sie würde aufgrund ihres Studiums sehr bald dem Elternhaus den Rücken kehren und ihren Vater ganz allein zurücklassen.

Wie grausam, dachte ich. *Mein kleines Töchterlein!*

Das Leben ist so und noch ist sie bei uns. Außerdem bin ich sehr gut darin, solche nahenden Ereignisse genauso schnell wieder zu verdrängen, wie sie in meinen Gedanken auftauchen. Wie sie in der Behindertenwerkstatt, in der sich dieses wunderbar gutmütige Wesen seit ungefähr zwei Jahren engagierte, ohne sie zurechtkommen würden, war mir schleierhaft. Sie kümmerte sich um alles und wer zu ihr kam, machte seinen Weg niemals vergebens. Für ihre hilfsbereite Art bewunderte ich das Mädchen aus tiefstem Herzen. Gleichzeit freute ich mich für den noch unbekannten Mann, der sie einmal zur Frau bekommen würde. Das aber lag noch in weiter Ferne und würde sicherlich eine ganz andere Hürde für mich werden. Dann klappte die Haustür zu und holte mich aus meinen Gedanken.

»Bin wieder da«, rief Michelle und wuselte noch einen Moment an der Flurgarderobe herum.

Sie brachte Leben in unsere ruhigen vier Wände. Zunächst half sie ihrer Mutter ein wenig in der Küche, kam anschließend ins Wohnzimmer, umarmte mit strahlendem Lächeln ihren auf sie wartenden besten Vater der Welt, um zuletzt den bereits tief schlafenden Pepper ordentlich zu knuddeln, der daraufhin nur kurz erwachte, sich über die plötzliche Störung missbilligend umschaute, aber sofort – als sie von ihm abließ – wieder die Augen schloss und genüsslich vor sich hinschnurrte. Nur Michelle durfte das. Vor ihr kapitulierte selbst dieser kleine Rüpel. Für ihn war es immer nur wichtig, dass sich jemand um ihn kümmerte. Wie, war ihm offensichtlich egal.

Das sollte ich einmal machen, ging es mir durch den Kopf.

Mich würde er nämlich mit strafendem Blick mahnen, dann vorsichtshalber die Flatter machen und vermutlich unter dem Sofa am Kamin verschwinden, denn dort blieb er unbemerkt, wäre sicher vor weiteren Störungen, könnte jedoch alles mitbekommen, was im Raum geschah. Ich war immer etwas pikiert über die Unterschiede, die dieser kleine Nichtsnutz vor allem zwischen Michelle und mir machte. Trotzdem mochte ich ihn, denn wenn im Fernseher die Sportschau lief, saß er ausschließlich auf meinem Schoß. Warum auch nicht, denn außer mir schaute ja niemand diese Sendung. Ich musste schmunzeln, als mir jetzt klar wurde, dass er mich immer wieder nur für seine Zwecke ausnutzte. Ein wirklicher Opportunist.

Meine Tochter kuschelte sich an mich, sagte nichts, folgte meinem Blick hinaus in das Schneegestöber und in die weiße Landschaft. Ich kannte dieses Verhalten. So begegnete sie mir immer, wenn sie etwas auf dem Herzen hatte. Ich war gespannt, womit sie gleich herausrücken würde. Und richtig. Es verging kaum eine Minute, als sie mich ansah.

»Papa?«

»Was gibt es, meine kleine Prinzessin?«, fragte ich nach einigen Sekunden.

»Ist es okay, wenn ich Morgen einen Jungen aus der Wohngruppe mitbringe?«

Ein glühender Stachel traf meine an dieser Stelle sehr empfindliche Vaterseele.

»Hatte sie sich dort in einen dieser jugendlichen Raubritter verliebt, der mir nun meine Tochter wegnehmen wollte?«

Da sie ihn jetzt anschleppte, lief das sicherlich schon länger. Eifersucht bäumte sich in mir auf. Da ich von all dem bislang nichts mitbekommen habe, musste ich unbedingt ein ernstes Wort mit meiner Frau sprechen. Wehe, wenn sie etwas wusste und es vor mir geheim gehalten hatte. Meine Tochter gebe ich nicht so einfach her. Das war klar wie Kloßbrühe. Sie war fast erwachsen und sollte tun, was sie möchte. Jedoch würde ich die Hürden für den Bengel sehr hoch hängen. Wenn er nämlich keinen ordentlichen Beruf erlernen oder sonst wie schräg um die Kurve kommen würde, könnte er auf der

Türschwelle sofort kehrtmachen. Das galt insbesondere, wenn er keine Sportschau sah und sich nicht wirklich für Fußball interessierte. Mein Gedankensturm hatte jedoch nur einige Sekunden gedauert. Ich wandte mich zu ihr und gab mich gelassen, geradezu tief entspannt, sagte aber kein Wort, sondern schaute sie nur fragend an.

»Versteh mich doch bitte«, reagierte sie auf meine unausgesprochene Frage.

»Er heißt Tim und wäre ganz allein, wenn wir uns nicht um ihn kümmern. Sein Vater lebt nicht mehr und seine Mutter liegt im Krankenhaus!«

Aha. Tim soll mein Schwiegersohn also heißen, dachte ich bei mir.

»Ich habe den Namen in unserem Haus bislang noch nicht gehört und konnte mir beim besten Willen nicht vorstellen, dass sich ein Tim am Samstag die Bundesliga ansehen würde. Auch habe ich nie etwas von berühmten Ärzten, Forschern oder anderen Persönlichkeiten gehört, die Tim hießen. Von daher konnte er überhaupt nicht in die engere Wahl kommen, denn ich würde niemanden ins Haus lassen, der meiner Tochter nichts in dieser Richtung zu bieten hatte. Und überhaupt.

Was sollte das mit seiner Mutter? Warum muss man sich um einen fast erwachsenen jungen Mann kümmern, dessen Mutter im Krankenhaus liegt?, huschte es mir in Windeseile durch den Kopf.

»Ich verstehe nicht ganz?«, sah ich Michelle fragend an und wollte ihr etwas auf den Zahn fühlen.

»Wie alt ist dieser Tim eigentlich?«

»Sechzehn Jahre!«

Ich erschrak. Das konnte doch nicht sein. Sie war doch selbst noch so jung und jetzt das? Doch ohne weitere Fragen abzuwarten, erzählte sie mir aus seinem Leben.

»Als er noch ein kleines Baby war, hatte er eine folgenschwere Hirnhautentzündung und sehr viel Glück, dass er überhaupt noch lebt. Seine geistige Entwicklung geht nur äußerst langsam voran und er wird niemals so weit kommen, dass er ohne fremde Hilfe sein kann. Trotzdem ist er ein liebenswerter Kerl, lacht viel, ist aufmerksam, hört zu, will alles wissen, begreift aber nur ganz wenig. Man muss sich auf ihn einlassen, sich um ihn kümmern und ihn ständig beaufsichtigen. Anders geht es einfach nicht. Und er liebt Fußball. Wenn Du Dich mit ihm unterhalten möchtest, erkläre ihm einfach die Spielregeln, dann wirst Du einen neuen

Freund haben, der am Samstag mit Dir und dem Kater vor dem Kamin oder besser, vor dem Fernseher sitzt. Du musst ihm alles nur immer wieder plausible machen. Das ist zuweilen etwas anstrengend. Ich sage es aber noch mal. Er ist eine ganz liebe Socke!«

Kann man dazu nein sagen? Ich vermochte es jedenfalls nicht, nickte stumm und bejahend, wohl wissend, dass das auch ganz im Sinne ihrer Mutter war und schämte mich ein Stück weit vor mir selbst für meine eifersüchtigen Gedanken.

»Danke!«, sagte sie zu mir, drückte mich erneut ganz fest, küsste mich auf die Wange und verschwand.

Mir wurde mit einem Schlag klar, dass ich fortan meine innere Umklammerung von meiner Tochter lösen musste. Sich als Vater zu sagen, dass sie erwachsen geworden war, wäre das eine, es zu begreifen gehört aber genauso dazu. Diese Hürde hatte ich infolge ihrer warmherzigen Worte endlich nehmen können und begegnete ihr fortan, wie man als Erwachsener einer jungen, eigenständigen Frau gegenüberzutreten hatte. In meinem Inneren aber würde sie für immer mein kleines Töchterchen, meine Prinzessin, mein Nesthäkchen bleiben.

Am nächsten Tag war Heiligabend und die Erfahrung, wie wichtig es für mich gewesen war, der Bitte meiner Tochter zuzustimmen, wartete bereits auf mich. Als kleiner Junge konnte ich die spannenden Tage der Vorweihnachtszeit immer nur schwer ertragen. Es gab wie heute Geschenke und Süßigkeiten, die ich dann immer in mich hineinstopfen konnte, weil eben Weihnachten war. Außerdem musste ich auf meinem bunten Teller rechtzeitig Platz schaffen, denn an den Festtagen kamen meine Großeltern, Tanten und Onkels mit großen Taschen voller weiterer Geschenke. Das Schöne an der Kindheit war, dass ich jeden Tag etwas Neues machte, was ich zuvor nie getan hatte. Alles war Abenteuer, intensiv, momentan und ich voller Ungeduld, die vermutlich die meisten Kinder gepachtet haben. So erlebte ich damals diese Zeit und fand sie herrlich. Ich machte mir keine Gedanken um irgendwas, nahm die Dinge, wie sie mir begegneten und genoss die in meiner Erinnerung äußerst besinnlichen familiären Tage um den Jahreswechsel. Irgendwann aber wird man größer, kritischer, hinterfragt die Dinge, entwickelt sein eigenes Ich und nimmt nicht mehr alles einfach so hin. Ich begann mich dafür zu interessieren, woher all unsere Bräuche kamen und auch, warum wir überhaupt Ostern, Pfingsten, im

Besonderen aber Weihnachten feiern. Der geschichtliche Hintergrund und eigentliche Sinn der Feste fasziniert mich bis heute. Ich las und lese vieles über die Bedeutung des Weihnachtsbaums, der Geschenke, die drei heiligen Könige. Je mehr ich aber darüber las und betrachtete, wie wir nicht nur die weihnachtlichen Festtage inzwischen begehen, machte sich so etwas wie Ablehnung in mir breit. Nicht, dass ich Weihnachten selbst infrage stellte, wohl aber, was wir daraus gemacht haben.

Erscheint es nicht mehr als fragwürdig, dass die Supermärkte bereits Ende September eines jeden Jahres Weihnachtsgebäck anbieten, dessen Haltbarkeitsdatum vielleicht schon zum Nikolaustag ablaufen wird. Ostern und Pfingsten waren doch noch vor gar nicht so langer Zeit erst gewesen. Dieses Zerrbild liegt nicht daran, dass die Zeit schneller vergeht, sondern, dass wir zunehmend kommerziell ferngesteuert werden. Jeder meint es zum Fest aus seiner Sicht gut, wenn er die Kleinen beschenkt. Nur sehen das oftmals alle Omas und Opas, Tanten und Onkels auch so und wir müssen häufig erleben, wie die Enkel und Nichten in Geschenktürmen versinken, unter denen so manche Überraschung vielleicht doppelt auf dem Gabentisch liegt. Der

Heilige Abend kommt alle Jahre immer wieder unangemeldet, plötzlich und völlig unerwartet, sodass sich in den ersten Wochen des Dezembers Menschenmassen auf der Suche nach Präsenten durch die übervollen Geschäfte drängeln. Eine Zeit, die Taschendiebe ganz im weihnachtlichen Sinne für sich zur Hauptarbeitszeit erkoren haben.

Wir haben auf der Arbeit alljährlich Weihnachtsfeiern. Diese eigentlich schönen Traditionen mit leckerem Essen und unterhaltsamen Gesprächen sind jedes Mal sehr nett. Wenn wir bei uns nicht einen aufmerksamen Kollegen hätten, der an diesen Abenden eine schöne Festgeschichte vorlesen würde, bliebe das Wort Weihnachten vermutlich vollkommen unerwähnt.

Diese und andere Gedanken sind eigentlich nur dahingehend von Bedeutung, als dass ich für mich schon vor langer Zeit festgestellt habe, nicht daran teilnehmen zu wollen. Natürlich mag ich das Weihnachtsfest und selbstverständlich gibt es auch bei uns kleine Geschenke. Ich bin halt nur auf der Suche nach dem Geist und dem inneren Wert dieser Zeit. Das aber fällt mir besonders schwer und erfüllt mich mit tiefster Abscheu, wenn ich an die Kriege auf dieser Welt denke, die auch zum Jahresende weltweit geführt werden. Besonders beschämend fand ich, dass vor einigen Jahren am Heiligen Abend ausgerechnet auf Bethlehem Bomben geworfen wurden.

In folgender Hinsicht sind doch die meisten Menschen gleich. Frieden möchte jeder. Es sind lediglich ein paar Eliten in verantwortlichen Positionen, die nicht an die Front müssen und die Konflikte über die Menschen bringen.

Es sind seit langem solche und ähnliche Gedanken, die mich das Fest als das sehen lassen, was es ist oder was es vielleicht sein sollte. So stand ich noch immer nachdenklich vor meinem Fenster, haderte ein kleines Stück weit mit mir und der vor sich selbst davoneilenden Menschheit, als die Tür aufging und meine Frau erneut hereinkam.

»Na, mein Lieber. Ist der Kopf wieder gedankenschwer?«

Sie kannte mein oftmals nachdenkliches Wesen, meinen zuweilen melancholischen Blick auf die Welt und wusste nur zu genau, was mich immer wieder zur Weihnachtszeit beschäftigte.

»Ja. Ein wenig schon. Auch wenn ich weiß, dass sich nichts ändern lässt!«

»Ich verstehe Dich und ich teile vieles von dem, was Du denkst. Aber jeder darf und soll die Welt so sehen, wie er oder sie es möchte. Dazu gehört, dass alle die Festtage gestalten können, wie sie es für richtig halten!«

Sie blieb für einen Moment an meiner Seite, lächelte mit wissendem, verständnisvollen Blick, um bald wieder in die Küche zu gehen. Meine Frau war schon immer der gute Geist unter unserem Dach. Sie hielt alles fest zusammen, sorgte für Ordnung, ließ nicht zu, was zu Hause nicht zugelassen werden konnte. Sie war der Anker für unsere Tochter und mich. Selbst in Peppers Hierarchie nahm sie eine besondere Stellung ein, denn sie allein füllte zu immer wieder denselben Zeiten seinen Futternapf. Mister Samtpfote erwartete sie regelmäßig und pünktlich, indem er sich schweigend neben das kleine Schälchen setzte, sie auf Schritt und Tritt genauestens beobachtete, bis sie endlich zu ihm kam und er an der Reihe war. Wie immer beugte sie sich zu ihm, gab ihm zu fressen, redete in liebevollem Ton auf ihn ein, strich sanft über sein Köpfchen und ließ ihn in Ruhe futtern. Zum Dank mauzte er leise und machte sich dann über die Leckereien her. Genau so begegnete sie allem und jedem. Niemand kam zu kurz oder wurde bevorteilt. Schon seit Tagen hatte sie mit selbstgebasteltem Weihnachtsschmuck an so vielen Stellen für weihnachtliche Festlichkeit gesorgt. Der betörende Duft frisch gebackener Kekse zog durch die Räume und das Licht flackernder Kerzen unterstrich die wunderbare Atmosphäre.

Pepper aber hatte mit all meinen Gedanken nichts am Hut. Wie auf Kommando erwachte er aus seinem Tiefschlaf, machte – wie es sich für einen Kater gehört – einen ordentlichen Buckel, streckte sich und schaute nach, ob er vielleicht in der Küche etwas abstauben konnte. Das Letzte, was ich an diesem Tag von ihm hörte, war der freudige Empfang durch meine Mädels, die ihn vermutlich erst mal ordentlich knuddelten, um ihm anschließend seinen Napf zu füllen.

Jetzt wickelt er die Zwei um seine kleinen Krallen, dieser freche Raubauke. Er hat uns alle lautlos im Griff und bekommt von jedem, was er möchte. Wenn ich es genau betrachte, ist er der eigentliche Chef in diesen Räumen. Der ungekrönte König, lachte ich kopfschüttelnd in mich hinein und beneidete ihn um seinen unbändigen Charme, dem offensichtlich niemand zu widerstehen in der Lage war.

Der nächste Tag. Schon früh kroch ich aus den Federn, schaute neugierig aus dem Fenster und freute mich über den klaren Morgen, der einen sonnigen, frostigen Tag versprach.

Am wolkenlosen Himmel waren in der frühen Dämmerung noch ein paar Sterne sichtbar. Nach dem wie immer sehr gemütlichen Frühstück mit meinen beiden Frauen und Herrn Pepper machte ich mich auf zum Schnee schippen. Bis spät in die Nacht musste es geschneit haben, und ich würde ganz schön schuften müssen, um die Wege zu räumen. Das aber machte ich gern, denn wann in den letzten Jahren hatten wir weiße Weihnachten. Vielleicht trügt mich die Erinnerung an meine Kindheit, aber ich meinte, damals war es zum Fest immer verschneit und kalt. Und genau dieses Wetter verband ich schon immer mit diesem Fest. Die Nachbarn waren genau wie ich fleißig bei der Arbeit. Nachdem ich mich das erste Mal richtig warm gearbeitet hatte, war ich über das ein oder andere nachbarschaftliche Gespräch am Gartenzaun recht dankbar. Oft nahm ich es nicht bewusst wahr, wie sehr meine Frau auf mich achtete. Als ich mit einem vorbeikommenden Freund die Fußballergebnisse des vergangenen Spieltages besprach, öffnete sich die Haustür und schon hatten wir eine Tasse heißen Tee in den Händen. Als sie wieder ging, sah ich ihr nach und spürte tiefe Dankbarkeit, sie an meiner Seite zu haben.

Es waren gut neunzig Minuten vergangen, als ich den Schneeschieber in der Garage abstellte und Ausschau hielt, ob es nicht noch etwas zu tun gab. Ich wollte zu gern an der frischen Luft bleiben, denn die Bewegung hier draußen tat mir wirklich gut, als plötzlich mein Töchterchen in Begleitung besagten Freundes um die Ecke kam.

»Hi, Papa. Das ist Tim. Der Junge, von dem ich gestern erzählt hatte!«

»Das ist schön. Ich freue mich, Dich kennenzulernen«, sagte ich freundlich und reichte ihm die Hand.

»Hallo«, kam es etwas zögerlich und schüchtern aus seinem Mund, in dem er fragend zu Michelle sah.

Sie nickte ihm mit ihren Augen blinzelnd zu und gab ihm so die Gewissheit, alles richtig gemacht zu haben. Das wiederum löste in ihm eine riesige Freude aus, sodass er in die Hände klatschte und laut lachte. Er wirkte auf mich, wie meine Tochter es tags zuvor beschrieben hatte. Er war gekleidet, wie alle Jungen in seinem Alter, sehr gepflegt und äußerst aufmerksam. Ganz besonders fiel seine sehr hagere Figur auf. Die Brillengläser waren so stark, dass sie die blauen Augen als viel zu groß erscheinen ließen. Auch ich warf einen Hilfe suchenden Blick zu meiner Prinzessin, hoffte auf eine

Bestätigung, dass ich auch ja nichts falsch gemacht hatte und erntete ihr zustimmendes Nicken. Sie hatte uns am Abend zuvor gesagt, wir sollten uns einfach so geben, wir sind. Keine übertriebene Freundlichkeit und vor allem kein Mitleid. Das würde Tim nur verwirren, denn er sieht sein Leben so, wie es ist, als normal an.

»Vielleicht ist er in seiner Welt viel glücklicher als wir. Er hat in der Wohngruppe immer jemanden um sich. Seine Tage sind gut ausgefüllt, da man sich aufrichtig um ihn und seine Mitbewohner kümmert. Was ich sagen will ist, dass er niemals allein gelassen wird. Und nun beantworte Dir die Frage selbst, wie das in unserer Gesellschaft so ist.«

Ihre Worte erwischten mich auf dem linken Fuß und entblößten mein Inneres. Wie konsequent sie doch Stellung bezogen hatte. Ich sah sie für Sekunden stumm an, war sehr beeindruckt und akzeptiere mehr als noch zuvor, dass sie eine aufrechte junge Frau geworden war. Trotzdem. Ich hatte niemals in meinem Leben unmittelbar mit beeinträchtigten Menschen zu tun und fühlte aus diesem Grund etwas Unsicherheit in mir. Es ist sehr leicht, als Unbeteiligter über Menschen mit körperlichen Einschränkungen zu sprechen, eine solche Situation direkt zu erfahren, ist jedoch etwas vollkommen anderes. Von daher hatte ich nicht erst in diesem Moment größten Respekt vor jenen, die in der Betreuung und Pflege der kranken und alten Menschen ihre Berufung sahen.

Wie schnell sich unser aller Leben von einer Sekunde auf die nächste verändern kann, dachte ich bei mir.

Ich verspürte eine unglaubliche Dankbarkeit, dass es meinen Lieben und mir so gut ging. Inständig hoffte ich, dass es immer so bliebe.

Tim hatte es mir wirklich leicht gemacht. Ich schlug vor, dass wir im Garten gemeinsam einen Schneemann bauen sollten. Der Junge sah mich etwas erstaunt an, sodass ich ihm erklärte, was ein Schneemann ist. Das schien ihm zu gefallen und wenig später waren wir eifrig dabei, eine große Kugel für den Bauch des frostigen Gesellen zu rollen. Michelle hatte sich bewusst etwas abgesondert und beobachtete, wie ich mit meinem neuen Kameraden, der in jeder Minute mehr Vertrauen zu mir fasste, im Schnee wühlte. Nach ungefähr einer Stunde war das weiße Männchen fast fertig. Die dicke Kugel ganz unten, eine etwas kleiner darüber und darauf der Kopf. Was jetzt noch fehlte, waren Kohlen für die Augen, Mund und Jackenknöpfe, aber auch eine Mohrrübe als Nase und ein alter Topf für den Hut. Nach und nach wurde aus den abstrakten Kugeln ein Väterchen Frost mit geradezu fantastischem Gesichtsausdruck. Tim und ich klatschen uns in die Hände und freuten uns über das gelungene Werk. Die ganze Zeit über hatte er mir viele neugierige, zuweilen auch sehr persönliche Fragen gestellt, die ich ihm ausnahmslos alle beantwortete. Unmerklich machte ich die ersten Schritte in seine kleine, verwirrte Welt, zu der er mir die Tür sperrangelweit geöffnet hatte. Michelle war längst im Haus verschwunden und beobachtete uns inzwischen aus dem Wohnzimmer. Wer vor ihr in der Fensterbank lag, muss ich nicht besonders erwähnen. Ausnahmsweise schlief Pepper nicht, sondern fixierte den reglosen Eindringling mit seinen schwarzen Kulleraugen in unserem, genauer gesagt, seinem Garten mit sehr mürrischem Blick. Tatsächlich sollte er sich erst wieder nach draußen wagen, nachdem der Schneemann Wochen später weggeschmolzen war. Als Tim den kleinen Vierbeiner erblickte, wollte auch er sofort ins Haus. Ich räumte noch etwas auf und folgte ihm wenige Minuten später. Meine Mädels, der Junge und Pepper saßen bereits am Küchentisch. Allein dieser kurze Nachmittag war vollkommen ausreichend, dass sich seine Majestät Pepper bei Till eingeschmeichelt und wie selbstverständlich auf dessen Schoß Platz genommen hatte, als wären die Zwei seit Ewigkeiten Freunde. Tim fühlte sich wie im Himmel. Er hatte nur etwas Probleme, wenn er mit seinen Händen die Kakaotasse nehmen wollte, weil der kleine Schwerenöter vor ihm durch erweichendes Mauzen sofort sein ihm zustehendes Recht, nämlich durchgehend gekrault zu werden, einforderte. Es war ein wunderbares, ein beruhigendes Bild, das sich meinen Augen bot. Tim fühlte sich offensichtlich sehr wohl bei uns. Gerade so, als wäre er hier zu Hause. Für meine Gemahlin war der Umgang mit ihm ohnehin das Normalste auf der Welt und mein Töchterchen sowieso zufrieden. Ich setzte mich auf eine Tasse Kaffee zu ihnen und schon waren wir dabei, die verschiedensten Themen zu besprechen. Unser junger Gast hörte zu, war aber voll und ganz bei seinen Aufgaben. Mit seiner rechten Hand streichelte er des Katers Fell, um mit der linken vom Kuchen zu essen oder die Schokolade zu trinken. Dass er dabei krümelte oder auch ein paar Tropfen auf seinen Pullover kleckerte, lag freilich in der Natur der Sache.

»Wer hilft mir denn jetzt, den Weihnachtsbaum zu schmücken?«, fragte ich in die Runde.

»Tim und ich«, sagte Michelle ohne Umschweife.

Dieser wusste nicht sofort, was damit gemeint war, ahnte aber voller Freude, dass jetzt etwas sicherlich Spannendes passieren würde. Und schon standen wir im Wohnzimmer. Zunächst wurde im Kamin erneut ein gemütliches Feuer gemacht. Auch hier musste ich genau beschreiben, was und warum ich dieses oder jenes tat. Tim machte große Augen, als aus den anfangs kleinen Flämmchen im Handumdrehen richtige Flammen wurden, das Holz knackte, als sehr bald neben dem herrlichen Geruch eine wohlige Wärme durchs Zimmer strömte. Dann war der Baum an der Reihe. Wir stellten ihn etwas abseits des Kamins auf und begannen, die bunten Kugeln und das Lametta aufzuhängen, um zum Schluss die Kerzen anzubringen. Tim untersuchte alles, was wir an den Baum hängten, half fleißig mit, ließ sich genaustens erklären, was er wie tun sollte und staunte wie ein kleines Kind, als wir eine Stunde später endlich fertig waren.

»Wir müssen noch aufräumen«, mahnte er uns, indem er auf die vielen leeren Kartons deutete.

»Tatsächlich. Wie gut, dass Du daran gedacht hast«, gab Michelle gespielt erstaunt zurück.

»Los. Alle zusammen. Bevor Mama die ganze Unordnung sieht«, sagte sie an uns Männer gerichtet.

»Also. Alles hört auf mich. Auf die Plätze ... fertig ... los!«, gab ich das Kommando und Tim musste unbedingt der Erste sein.

»Was würden wir nur ohne diese fleißige Hilfe machen. Das hätten wir allein doch bestimmt nicht so schön hinbekommen«, sagte ich zu meiner Tochter.

»Das stimmt. Er ist eine wirklich große Hilfe. Erst baut er einen so großen Schneemann und dann schmückt er auch noch den Baum so schön. Da wird sich der Weihnachtsmann sicherlich freuen«, gab sie halblaut zurück.

Als Tim das Wort Schneemann hörte, sprang er auf, ging zum Fenster und bestaunte unser großartiges Meisterwerk, das langsam von der aufziehenden Dunkelheit eingehüllt wurde.

»Ist kalt draußen«, sagte er an uns gerichtet.

»Stimmt. Unser weißer Freund mag das aber. Sieh mal genau hin. Die Augen hat er schon zu und gleich schläft er«, erklärte ich ihm.

»Schneemann schläft«, antwortete er beruhigt und tief ausatmend.

Dann wurde es endlich Abend. Es gab ein wunderbares Essen an sehr festlich gedecktem Tisch, Kerzen brannten überall und leise Musik spielte im Hintergrund. Wir Männer hatten darauf bestanden, dass wir als neue Freunde nebeneinanderzusitzen haben. Das galt nicht nur für Tim und mich, sondern auch für Pepper. Besser gesagt, er bezog sich selbst mit ein, denn er wich auch in den kommenden Tagen nicht von der Seite seines neuen Freundes. Also lag er unter dem Tisch auf Tims Füßen und tat genau das, was er immer tat. Er schlief. Während des Essens achtete ich wachsam darauf, dass der Junge ordentlich futterte. Er tat mir wegen seines deutlichen Untergewichts von Anfang an sehr leid. Meine Tochter hatte zuvor berichtet, dass Tim nicht sehr gut isst und dass wir ihn anhalten müssen, tüchtig reinzuhauen. Das konnte auf jeden Fall nur meine alleinige Aufgabe sein. Nach einer Portion für Mäuse wollte Tim auch schon die Segel streichen und schaute fragend in die Runde.

»Wer große Geschenke haben will, muss auch tüchtig essen«, sagte ich ihm und zog schon mal die Schüsseln heran.

Ich wollte aber, dass er sich nicht zum Essen genötigt fühlte und selbst nachnehmen würde. Das tat er dann auch und aß so, als wäre es das Erste, was er heute zwischen die Zähne bekam. Anschließend unterhielten wir uns sehr angeregt und ruckzuck hatte der Junge seinen Teller erneut geleert. Jetzt war ich zufrieden und wusste, dass es gleich noch leckeren Schokoladenpudding geben würde. Hier ließ sich Tim nicht lumpen und verputzte eine ordentliche Portion.

»Das esse ich auch gern«, sagte ich im Flüsterton zu ihm.

»Lecker«, gab er ebenso leise zurück, sah mich nur für eine Sekunde an und konzentrierte sich sogleich wieder auf seinen Pudding.

Meine Mädels schienen es zu genießen, wie ich mich kümmerte. Mir war es aber egal, ob und wie sie mich beobachteten. Es erfüllte mich zutiefst, für das Wohlergehen dieses Jungen zu sorgen und er dankte es mir mit jedem seiner Blicke. Bald war der Tisch abgeräumt, wir saßen bei einem Gläschen vor dem Kamin, plauderten angeregt und plötzlich sagte meine Frau:

»Timmi, hast denn nichts gehört, als wir vorhin gegessen haben?«

Er schaute auf, als hätte sie ihn bei etwas Schlimmen ertappt und wusste nicht, worum es überhaupt ging, schaute mit fragendem Blick reihum zu Michelle, zu mir, wieder zu meiner Tochter und erneut zu meiner Frau.

»Womöglich war der Weihnachtsmann hier!«

Abermals seine stumme Frage in die Runde.

»Sieh mal, was da unter dem Baum liegt«, nahm sie ihm seine Ratlosigkeit, freute sich, als er sich umsah und mit Erstaunen die bunten Päckchen erkannte, die vorhin noch nicht dort gelegen haben.

Bestimmt hatte er sich gefragt, wie sie dahin gekommen sein mochten und wer sie wohl vorbeigebracht hatte. Möglich, dass er glaubte, es gäbe den Weihnachtsmann tatsächlich. Das aber schien er als völlig normal zu empfinden. Wir erfuhren jedoch nichts aus seinem Inneren, so ganz anderen Empfindungskosmos. Ich dachte an die Worte meiner Tochter, als sie mir einen Einblick in seine kleine Welt vermittelt hatte. Noch bevor sie uns gefragt hatte, entschied sie, dass Tim alle Festtage bei uns verbringen würde. Also hatte sie ein paar schöne Dinge besorgt und mit viel Liebe wunderschön verpackt. Wir hielten die Gaben in unserem Haus seit jeher im Kleinen und verschenkten am Heiligen Abend nur etwas, das wirklich gebraucht wurde oder die sich jemand von Herzen wünschte. Dafür aber gab es übers Jahr immer wieder die eine oder andere Aufmerksamkeit, sodass sich das Christenfest für uns nicht auf das Schenken und

Essen allein reduzierte. Trotzdem lag und liegt es uns immer wieder am Herzen, zu teilen und anderen etwas zu geben. Das begrenzte sich jedoch nicht nur auf unsere Familie. Insbesondere die Wohngruppe, in der sich Michelle mit Hingabe engagierte, bedachten wir alljährlich mit einem Korb Leckereien und einer wohlgemeinten Geldspende. Zu fortgeschrittener Stunde kamen noch ein paar Nachbarn auf ein Gläschen Wein vorbei, und als es fast Mitternacht wurde, hatte sich unser sonst so aufgeräumtes Wohnzimmer zu einem warmen Hort der chaotischen Gemütlichkeit verändert. Weingläser, Kaffeetassen, Tellerchen mit kleinen Knabbereien, das Knistern des Kaminfeuers, angeregtes Geplauder. Und wer geglaubt hätte, unser gestreifter Vierbeiner hätte Fersengeld gegeben oder sich an ein verschwiegenes Plätzchen zurückgezogen, der irrte. Sergeant Pepper lag der Länge nach ausgestreckt dösend unter dem Tisch. Vorzugsweise und noch immer mit der Hälfte des warmen Körpers auf den Füßen seines Freundes, der sich konzentriert mit einem Bildband aus der Tierwelt beschäftigte und von niemandem stören ließ. Ich lehnte mich in meinem bequemen Stuhl zurück und beobachtete das bunte Miteinander.

Warum kann es nicht immer so sein, dachte ich. *Es scheint doch so leicht, freundlich mit den Nächsten umzugehen und wenn jeder wenigstens ein Stück weit in diese Richtung dachte, könnte unser Planet ein ganz anderer sein. Aber das ist und bleibt für viele Menschen wohl doch nur ein frommer Wunsch*, resümierte ich still.

Wer mir noch vor wenigen Tagen gesagt hätte, dass am Weihnachtsabend der kleine Tim an unserem Tisch sitzen, mich auf eine ganz besondere Art beeindrucken und meinen Blick auf das Fest völlig verändern würde, dem hätte ich nicht geglaubt. Still dankte ich meiner Frau und meiner Tochter, dass sie alles so schön vorbereitet und für einen gemütlichen Abend gesorgt hatten. Ich hatte es in den vergangenen Tagen vermieden, Nachrichten im Fernseher anzusehen, da ich nicht wissen wollte, wo es auf der Erde zu Weihnachten wieder kriegerische Auseinandersetzungen gab. An all diesen und so vielen anderen Dingen konnte ich einfach nichts ändern. Egal, was gerade irgendwo auf dem Globus passierte, unabhängig davon, wie andere Menschen den heutigen Abend verbrachten. Für mich waren es Stunden innere Ruhe, Momente wirklicher und tiefer Zufriedenheit. Es war die Zeit des Friedens.

Ein Freund für's Leben

(von Mirjam Jasmin Strube)

Es war einmal in einer kleinen Stadt namens Tannenwald, in der die Vorfreude auf Weihnachten in der Luft lag. Die Menschen waren emsig damit beschäftigt, ihre Häuser zu schmücken und Geschenke für ihre Lieben vorzubereiten. Inmitten all der Aufregung lebte ein kleiner Teddybär namens Flynn.

Flynn war kein gewöhnlicher Teddybär. Er hatte ein weiches, braunes Fell und glänzende Knopfaugen. Aber vor allem war er mutig und abenteuerlustig. Er hatte schon viele spannende Abenteuer erlebt, aber dieses Weihnachten sollte etwas ganz Besonderes für ihn werden.

Eines Abends, als die Menschen in Tannenwald alle friedlich schliefen, erwachte Flynn zum Leben. Er sah den Mond am Himmel und spürte, dass etwas nicht stimmte. Er hörte ein leises Schluchzen und folgte dem Geräusch. Es führte ihn zu einem kleinen Mädchen namens Emma, das in ihrem Bett lag und weinte. Flynn wusste, dass er etwas tun musste, um Emma zu trösten. Er sprang von ihrem Regal, landete sanft auf dem Boden und begann, sich langsam zu ihr zu bewegen. Als er bei ihr ankam, legte er seine Pfote auf ihre Wange und flüsterte sanft:

»Emma, bitte hör auf zu weinen. Ich bin hier, um dich zu beschützen.«

Emma öffnete ihre Augen und konnte kaum glauben, was sie sah. Ein lebendiger Teddybär stand vor ihr und lächelte sie an. Sie wischte sich die Tränen ab und umarmte Flynn ganz fest. Von diesem Moment an waren sie die besten Freunde. In den nächsten Tagen bemerkte Flynn, dass Emma traurig war, weil ihre Familie finanzielle Schwierigkeiten hatte und es ihnen schwerfallen würde, Geschenke für Weihnachten zu kaufen. Flynn beschloss, etwas zu unternehmen. Er wollte, dass Emma ein wundervolles Weihnachtsfest hatte. In den folgenden Nächten ging Flynn heimlich durch die Stadt und sammelte kleine Geschenke von den Bewohnern von Tannenwald. Er bat sie, ihre Gaben in eine Kiste vor dem Weihnachtsbaum zu legen. Die Menschen waren berührt von der Geschichte des mutigen Teddybären und halfen sehr gern. Als Flynn die Geschenke in der Kiste sammelte, fiel ihm auf, dass er noch einen besonderen Weihnachtswunsch hatte. Er wünschte sich, dass Emma und ihre Familie ein warmes und leckeres Weihnachtsessen haben würden. Also beschloss er, zu einer nahegelegenen Bäckerei zu gehen und den Bäcker um Hilfe zu bitten. Der Bäcker war von Flynns Geschichte gerührt und versprach, ein köstliches Festmahl für Emma und ihre Familie zuzubereiten. Er füllte einen Korb mit frisch gebackenem Brot, Kuchen, Plätzchen und anderen Leckereien.

Am Weihnachtsabend war alles bereit. Flynn hatte den Weihnachtsbaum geschmückt und die Geschenke liebevoll um ihn herum platziert. Emma und ihre Familie kamen ins Wohnzimmer und waren sprachlos über die wundervolle Überraschung, die sie erwartete. Emma strahlte vor Freude und konnte ihr Glück kaum fassen. Sie umarmte Flynn dankbar und flüsterte:

»Du bist der beste Teddybär der Welt!«

Gemeinsam genossen sie das festliche Abendessen und öffneten die Geschenke. Jeder hatte etwas für Emma ausgewählt, und sie war überwältigt von der Liebe und Großzügigkeit der Menschen in Tannenwald. Flynn saß stolz neben ihr und freute sich über das Strahlen in ihren Augen. Nach dem Festmahl versammelten sich alle um den Weihnachtsbaum und sangen fröhliche Weihnachtslieder. Flynn und Emma tanzten gemeinsam um den Baum, während die Lichter funkelten und sich der Zauber von Weihnachten in der Luft ausbreitete.

Als die Nacht voranschritt, spürte Flynn, dass seine Zeit, lebendig zu sein, langsam zu Ende ging. Er hatte seine Aufgabe erfüllt und Emma geholfen, ein unvergessliches Weihnachtsfest zu erleben. Mit einem letzten Lächeln auf seinem Gesicht kletterte er auf das Regal zurück und verwandelte sich wieder in einen gewöhnlichen Teddybären. Aber die Erinnerung an Flynns Mut und Großherzigkeit würde für immer in den Herzen der Menschen von Tannenwald bleiben. Jedes Jahr erzählten sie die Geschichte des mutigen Teddybären, der die wahre Bedeutung von Weihnachten verkörperte - Liebe, Mitgefühl und die Bereitschaft, anderen in ihrer Not beizustehen.

Und so endet unsere Weihnachtsgeschichte mit einem Teddybären namens Flynn, der bewies, dass manchmal selbst das kleinste und mutigste Wesen die Kraft hat, das Leben eines Menschen zu verändern und die wahre Magie von Weihnachten zu entfachen.

Bea Linde - Auf gute alte Zeiten

(von Charlene Strube)

Heute möchte ich euch eine ganz besondere Weihnachtsgeschichte erzählen. Vielleicht wird sie euch die ein oder andere Träne entlocken, aber ich verspreche bei der Schreibfeder meines Vaters, dass diese Geschichte euer Herz erwärmen wird.

Es war einmal in einer kleinen Stadt. Dort lebte eine Frau namens Bea Linde in einem bereits in die Jahre gekommenen Mehrfamilienhaus. Ebenso wie dieses Backsteinhaus war sie in einem betagteren Alter angekommen und ihr Gesicht zierten einige Falten. Sie hatte immer viel gelacht und erlebt, doch seitdem ihr Mann vor einigen Jahren verstorben war, waren einige Sorgenfalten hinzugekommen. Nun lebte sie allein in ihrer kleinen Wohnung und vermisste die guten alten Zeiten. Früher hatten sie gerne gemeinsame Radtouren unternommen und am Knutje See gepicknickt. Sie erinnerte sich, wie sie oftmals gemeinsam in dem Pavillon am See getanzt hatten. Als er sie mit seinen karamellbraunen Augen ansah und bedächtig näher kam, hatte er ihr einen Kuss auf die Wange gehaucht und kaum hörbar geflüstert, dass er sie für immer lieben würde. Diese Zeiten waren nun vorbei und die Erinnerungen verstaubten auf Bildern festgehalten. Bea schloss das Fotoalbum und ging zum Fenster. Sie sah einige Autos vorüberfahren und dick eingepackte Menschen, welche die Straße entlang schlenderten. Schließlich begann eine zarte Schneeflocke vor ihrem Fensterglas entlang zu schweben. Sie war nicht allein und so folgten immer weitere kleine Flocken, welche funkelnd umher tanzten. Der erste Schnee war etwas ganz Besonderes und in Beas Augen blitzte ein kindliches Strahlen auf. So schnell sie konnte, zog sie sich ihre Lederschuhe und den roten Wintermantel an und schritt hinaus aus der Haustür. Die Kälte griff nach ihren Wangen, aber das störte sie nicht. Lachend spazierte sie über den Hof und versuchte, einige der Flocken einzufangen. Ihr Nachbar kam grade mit seinem kleinen Sohn um die Ecke, welcher schon ganz aufgeregt fragte, wann sie endlich einen Schneemann bauen könnten. Der Vater jedoch telefonierte grade mit einem Kunden und so gingen sie hinein ins alte Backsteinhaus. Frau Linde teilte die Freude des kleinen

Jungen, denn sie wusste, dass es nicht mehr lange bis zum Weihnachtsfest dauern würde.

Als Außenstehende fragt ihr euch sicherlich, woher Beas große Vorfreude auf Weihnachten stammte, schließlich würde sie das Fest wie bereits die letzten Jahre alleine in ihrer kleinen Wohnung verbringen. Jedoch müsst ihr wissen, Frau Linde feierte auf ihre eigene ganz besondere Art und Weise.

Schließlich machte sie sich mit dem Bus auf den Weg in die Stadt. Ein wundervoll geschmückter Laden zog ihre Aufmerksamkeit auf sich und so ging sie hinein und kaufte sich allerhand Deko. Sie fand mit funkelnden Schneeflocken verzierte Kerzen, handbemalte Christbaumkugeln und einen Lichterbogen. Außerdem kaufte sie ein marineblaues Seidentuch und ein Fläschchen Holzpolitur. Zum Abschluss ging sie noch in ein recht versteckt gelegenes Lädchen. Kaum betrat sie den Raum, umhüllte sie bereits ein Duft von Vanille und Zimt. Es gab einige Räuchermischungen und allerhand verschiedenes Zubehör zu kaufen. Sie begutachtete die verschiedenen Gerüche und entschied sich für eine Packung mit Sandelholz-Honig-Duft. Zu Hause angekommen, machte Bea sich erst mal einen Pfefferminztee, um sich wieder aufzuwärmen. Es hatte den ganzen Tag geschneit und die

Stadt war in eine weiße Winterdecke eingehüllt. Mit ihrem Tee machte sie es sich auf dem alten Ledersessel gemütlich und holte eine kleine Holzschatulle aus dem Regal hervor. Kleine verschnörkelte Ornamente und Blumen zierten das kastanienbraune Holz. Bedächtig öffnete sie den Deckel und zum Vorschein kam ein auf Samt gebettetes, wunderschönes Räuchermännchen. Es trug einen grün weißen Anzug und sah recht stattlich aus. In der einen Hand hielt er eine kleine Laterne und mit der anderen schien es, als würde er dem Betrachter zuwinken. Vorsichtig nahm Bea etwas von der Holzpolitur und begann, das hölzerne Männchen zu polieren. Dabei führte sie das Tuch so geschickt, dass keine noch so kleine Stelle übersehen wurde. Im Grunde genommen wäre es gar nicht nötig gewesen, so sorgfältig vorzugehen, da nicht ein einziges Staubkörnchen das Räuchermännchen verschmutzte, doch Frau Linde hatte diese Tradition lieb gewonnen und verlor sich in ihren Gedanken. Plötzlich entglitt ihr eine Träne und verfing sich im Bart der kleinen Figur. Früher war die Weihnachtszeit voller Freude und Leben gewesen. Was hatten sie nicht gelacht und sich gemeinsam auf das bevorstehende Weihnachtsfest gefreut. Wie gerne sie für ihre lieben Butterkekse und Vanillekipferl gebacken hatte. Der Duft hatte die ganze Wohnung eingehüllt und ihr Mann Arthur hatte sich die Kekse stibitzt, kaum dass sie auf dem Teller lagen. Nun blieb der Ofen kalt und das Einzige, was den Raum erfüllte, waren die schlurfenden Schritte der alten Dame, die sich auf den Weg in ihr kaltes Bett machte. Die Decke würde zwar ihren Körper wärmen, doch der Mantel der Einsamkeit wog schwerer. In den darauffolgenden Tagen verbrachte Bea ihre Zeit damit, ihre Wohnung weihnachtlich zu dekorieren. Fensterbilder und Leuchtbögen schmückten die Fenster. Sogar einen kleinen grünen Tannenbaum hatte Frau Linde in der Wohnzimmermitte aufgestellt und mit den neuen Weihnachtskugeln geschmückt. Dazwischen hingen auch einige ältere Kugeln, die sie über die Jahre gemeinsam mit Arthur aus dem Schwarzwald heimgebracht hatte. Bea hatte in der Vorweihnachtszeit sogar einige bunt verzierte Butterkekse und Spritzgebäck gebacken. Am Weihnachtsabend zog sie ihr feinstes samtgrünes Kleid an und trug vergnügt etwas roten Lippenstift auf. Ein kleiner Spritzer ihres Orangenblütenparfüms rundete ihren Look ab und sie schritt vor sich hin singend zum Ofen, um den Braten herauszuholen. Es roch herrlich und für einen kleinen Augenblick vergaß Bea, dass sie sich eigentlich völlig allein in ihrer Wohnung befand. Beschwingt stellte sie das Essen auf den Tisch und holte ihre kleine Holzschatulle hervor. Heute würde sie nicht wie so oft allein den Abend ausklingen lassen. Raschelnd entzündete das Streichholz den Räucherkegel im Inneren des kleinen Männchens. Der Rauch begann umherzuwabern und ein Duft von Sandelholz und Honig erfüllte das Wohnzimmer. Langsam schloss Frau Linde ihre Augen, und es fühlte sich so an, als würde der Geruch sie voll und ganz einhüllen. Schließlich öffneten sich ihre Augenlider und vor ihr erblickte sie niemand anderen als Arthur. Lächelnd erwiderte er ihren Blick und sie umarmten sich innig. Dieser Moment gehörte nur den beiden. Nach einer gefühlten Ewigkeit setzten sie sich an den Esstisch und begannen, den Braten und die Klöße zu essen, während sie gemeinsam lachten und in alten Erinnerungen schwelgten. Schließlich nahm er ihre Hand und sie begannen gemeinsam um den Tannenbaum zu tanzen. Der Raum war erfüllt von Liebe und Bea strahlte mit den Sternen um die Wette. Am nächsten Tag verließ Bea ihr Haus, um ihrem Ehemann eine ganz besondere Überraschung zu besorgen. Sie wollte ihn mit seiner Lieblingsleckerei überraschen. Köstliche Marzipankartoffeln, die es nur auf dem Weihnachtsmarkt ihrer kleinen Stadt gab. Während sie sich dorthin auf den Weg machte, traf sie den Nachbarsjungen, der sorglos mit einem anderen Kind Fangen spielte. Einen Moment der Freude durchströmte Bea, denn sie wusste, dass der kleine Junge oft einsam war und nur selten Spielgefährten fand. Doch plötzlich geschah etwas Unerwartetes. Als beide Kinder an ihr vorbeiliefen, stieß der Junge unabsichtlich gegen Bea, wodurch ihre Umhängetasche zu Boden fiel. Anfangs war sie nur besorgt um den Jungen und sah sogleich nach ihm, um sicherzugehen, dass er sich nicht verletzt hatte. Doch als sie sich ihrer Tasche zuwendete, kam ihr ein schmerzhafter Gedanke. Darin befand sich ihr wertvolles, magisches Räuchermännchen. Mit Tränen in den Augen betrachtete sie die nun zerbrochene Figur und spürte, wie sich die Verzweiflung in ihrer Brust ausbreitete. Der Junge bemerkte seinen Fehler und versuchte, sich bei ihr zu entschuldigen, doch Bea war so in ihren Gedanken versunken, dass sie kaum ein Wort wahrnahm. Würde sie ihren Arthur nun nie mehr wiedersehen? Schließlich wandelte sich ihre Angst in Zorn. Sie blickte den Jungen an und sagte:

»Ich wünschte, du hättest nie einen Freund gefunden. Jetzt hast du mir einfach mein Liebstes genommen!«

In diesem entscheidenden Moment gab es für Bea nur einen Gedanken. Sie musste so schnell wie möglich nach Hause laufen und versuchen, das geliebte Räuchermännchen zu reparieren.

Mit etwas Holzleim und einer kleinen Mullbinde verband Bea die kleine Holzfigur, während sie schluchzend sprach:

»Ach Arthur, da hab ich dich grade erst wiedergewonnen und dann passiert so ein Unglück. Ich hoffe, es geht dir gut.«

Während die Figur trocknete, versuchte sich Bea bei einem Eukalyptusbad ein wenig zu entspannen. Selbst ihre Lieblingsmusik konnte sie nicht so recht beruhigen. Ein weiteres Weihnachtsfest ganz allein ohne ihren Mann würde sie einfach nicht ertragen. Schließlich wurde es Abend, sie ging hinüber zu ihrer kleinen Kommode und entzündete das magische Räuchermännchen mit einem weiteren Feuerzeug. Der Rauch waberte umher und sie sog den wohligen Duft tief ein. Sie wartete, doch es geschah nichts. Verzweifelt schloss und öffnete sie mehrmals ihre Augen, doch die Magie schien verflogen zu sein.

Traurig sank sie in ihren Sessel und kramte das Fotoalbum hervor. Sie blickte in lächelnde Gesichter und erinnerte sich an all die wundervollen gemeinsamen

Momente, welche nun für immer Geschichte sein würden. Sie ließ ihren Tränen freien Lauf und schlief nach einiger Zeit vor Müdigkeit ein. Da hörte sie plötzlich ein feines Glöckchen klingeln und sah hinüber zum Weihnachtsbaum. Eine der Kugeln strahlte eine besondere Wärme aus und langsam spiegelte sich das Gesicht von Arthur darin. Seine karamellbraunen Augen und das verschmitzte Lächeln würde sie immer wieder erkennen.

»Hallo, meine liebe Bea. Bitte weine nicht um mich. Dieses Räuchermännchen ist nichts weiter als eine Figur. Du musst wissen, ich werde für immer in deinem Herzen sein und auf dich Acht geben. Ich liebe dich aus tiefster Seele. Ich habe eine Bitte an dich, solange du noch auf dieser Erde verweilst, geh raus und lebe dein Leben. Es wurden bereits genug Tränen vergossen. Schenk mir ein Lächeln und verbringe deine Zeit mit den lieben Menschen um dich herum. Eines Tages werden wir uns wiedersehen und darauf freue ich mich sehr. Im Herzen werden wir für immer vereint bleiben, mein Schatz.«

Bea rieb sich verwundert die Augen. War dies ein Traum?

»Arthur, ohne dich scheint mir alles so trostlos. Ich liebe dich über alles«, schluchzte sie zu der Weihnachtskugel.

Jetzt spürte sie eine Wärme, die sie zu umarmen schien und ihr Herz begann zu hüpfen. Der Duft von Arthur und seine Wärme umhüllte sie. Ihr wurde bewusst, dass ihr Geliebter für immer ganz nah bei ihr sein würde, selbst wenn sie ihn nicht sehen konnte, so sehr spürte sie ihn. Am zweiten Weihnachtsfeiertag klingelte es an Beas Haustür. Der kleine Nachbarsjunge stand etwas nervös gemeinsam mit seiner Mama im Hausflur. Die Mutter berichtete, dass Florian ihr von seinem Missgeschick gebeichtet hatte und sie sich gerne bei ihr entschuldigen wollten. Der Junge reichte Bea eine kleine Weihnachtstüte, in der ein wundervoll geschnitztes Räuchermännchen lag. Er erzählte, wie leid es ihm tat und dass er wusste, wie schmerzhaft es war, einen Schatz zu verlieren. Er war von Laden zu Laden gelaufen, um ihr diese Überraschung mitbringen zu können. Schließlich fragte Florians Mutter, ob Bea nicht Lust hatte, nachher zum Weihnachtsessen zu ihnen zu kommen. Sie würden sich sehr freuen, sie als ihren Gast begrüßen zu dürfen.

Bea wusste gar nicht so recht, was sie sagen sollte. Sie war so gerührt, dass sie die beiden umarmte und sich für die schöne Überraschung bedankte. Als sie abends alle gemeinsam am Tisch saßen und lachten, spürte sie erneut, wie sich eine Wärme in ihrem Herzen ausbreitete. Der vertraute Geruch von Sandelholz und Honig kitzelte ihre Nase und sie wusste, dass Arthur immer bei ihr sein würde.

Von nun an würde Bea ihr Leben gemeinsam mit ihren Mitmenschen um sich herum genießen.

Ihr müsst wissen, vieles kann man mit den Augen sehen, aber manche Dinge muss man mit dem Herzen spüren, um sie zu verstehen. Vielleicht nehmt ihr euch einen kleinen Moment und horcht ganz tief in euch hinein und euer Herz zeigt euch den richtigen Weg.

Bridges to Wallhalla

(nach einer Idee von Gisela Hildebrandt)

Die große Elchkuh stand bereits seit einiger Zeit mit allen vier Beinen knietief in einem Flechtenbeet im finsteren Wald und äste genüsslich vom würzigen Kraut unter ihren Hufen. Glücklicherweise hatte der grimmige Winter vergessen, seine alles verhüllende Schneelast an genau diesem Fleckchen Norwegens abzuladen. Die betagte Dame atmete ruhig, zeigte sich zutiefst entspannt und war sich selbst genug, genoss das Alleinsein und die Stille der rauen Wildnis. An diesem Abend war auch der sonst ständig heulende Nordwind ausgeblieben, sodass die behaarte Lady außer ihren Kaugeräuschen lange nichts anderes hörte.

Es war nicht nur fortgeschrittener Abend, sondern auch sehr spät im Jahr. Jetzt erinnerte sie sich. Tagsüber hatte sie etwas Erstaunliches beobachtet, denn in einem kleinen Dorf, an dem sie auf ihrem Weg nach Norden vorbeigekommen war, standen kleine beleuchtete Tannenbäumchen in den Gärten der Menschen, die dort zu Hause waren. Sie kannte dieses erstaunliche Phänomen aus den vergangenen Jahren und verhielt einen Moment, um sich das sonderbare Schauspiel in sicherem Abstand genauer anzusehen. Als dann aber plötzlich die Kirchenglocken zu läuten begannen, erschrak sie, denn in ihren äußerst empfindlichen Ohren dröhnte es einhundert Mal schlimmer, als das gierige Brüllen eines Elchbullen während der Brunft. Beides mochte sie nicht wirklich haben. Also wandte sie sich ab, ging gemächlichen Schrittes tiefer in den Wald und weidete sich jetzt an den noch immer saftigen Flechten.

Urplötzlich und ohne jegliche Vorankündigung wurde die Waldesstille durch ihr unbekannte schrille Geräusche unterbrochen. Was da an ihre Ohren drang, war in seinem nervig quäkigen Charakter noch weitaus unangenehmer, als die Kirchenglocken und die Elchbullen zusammen. Zu allem Unglück steuerte der Quell des Ganzen direkt auf sie zu und wie aus dem Nichts traten die Störenfriede urplötzlich zwischen den Bäumen hervor. Zum Vorschein kamen drei seltsame zottelige Figuren, die neben ihrem Getöse einen reichlich muffigen Geruch verbreiteten und geradezu furchterregend aussahen, obwohl sie kaum so groß waren, wie ein aufrecht stehender Heuballen. Lang behaart, riesige Knollennasen und für ihre viel zu kurz geratenen Körper deutlich zu große Füße, an denen sie trotz der bitteren Kälte keine Schuhe trugen. Zwei von ihnen hatten rote Mützen mit weißen Bommeln auf den Köpfen und der Dritte sich ein Tuch mit bunten Symbolen um die Stirn gewickelt. Was die Elchkuh aber am meisten in Unruhe versetzte, war das aufdringliche Grinsen in den Gesichtern, das von viel zu großen, gelblich gefärbten und lückenhaften Zahnreihen umrahmt wurde.

»Du sollst nicht immer in den Wald pinkeln, Aritari. Das habe ich Dir schon einhundert mal gesagt.«

»Aber Kalligiri, wo soll ich das denn sonst machen? Und außerdem ist hier doch niemand, der sich daran stören könnte.«

»Ich störe mich daran. Und das reicht doch wohl.«

»Und wenn Du mal musst, wo pullerst Du hin? Vielleicht in die Hose? Kein Wunder, dass Du streng riechst.«

»Das geht Dich einen feuchten Kehricht an. Jetzt reden wir von Dir.«

»Ach, dreh Dich einfach um. Dann siehst Du nichts. Ich meine, mach Dir doch mal Gedanken um Deine dicke Knollennase. Die hältst Du auch überall in den Wind und jeder muss sie ansehen. Dabei ist sie so hässlich wie die Unken in Wotans Gartenteich.«

»Lass ja die Götter aus dem Spiel. Die haben damit überhaupt nichts zu tun. Im Übrigen ist Dir eigentlich bekannt, dass wir Drillinge sind und auch Du so einen hübschen Zinken zwischen den Augen trägst?«

»Aber natürlich weiß ich das. Nur hat meine nicht so einen dicken Pickel auf der Spitze und das eine Haar, das darauf wächst, macht Dich auch nicht schöner.«

»Gregorian, sag Du doch auch mal was. Dein Bruder benimmt sich wie immer vollkommen daneben und beleidigt mich.«

»Das ist nicht nur mein, sondern unser Bruder und Eure ewigen Streitereien interessieren mich nicht.«

In derselben Sekunde verabschiedete er sich auch schon aus der Diskussion und sah gedankenverloren der Elchkuh nach, die sich reichlich genervt von diesem Trio Infernale abgewandt hatte, ihrer Wege zog und später, wenn diese seltsamen Figuren endlich fort sein würden, zu ihren Flechten zurückkehren wollte.

Gregorian war eine sehr stille, denkende Seele. Ein neugieriger kleiner Kerl in abgerissenem und löchrigem Sackmantel. Er wollte die Wunder der Welt verstehen und hatte im Laufe der Jahrhunderte gelernt, die Zetereien und das Gemecker seiner Brüder zu ignorieren.

Die zwei kommen einfach nicht mit und ohne einander aus, dachte er oft bei sich. *Am Ende aber folgen sie mir, und das reicht, denn durch ihre Zankerei würden sie auf nichts achten und sich in den weiten Wäldern verlaufen. Außerdem gilt, dass ich der Erstgeborene bin. Ich allein habe das Sagen,* schloss er seine Gedanken ab.

Aritari war der Zweite in der Geburtsreihenfolge, hatte immer Durst und musste infolgedessen zigmal am Tag hinter die Bäume, was er aber nicht tat, sondern dort pinkelte, wo er gerade stand oder ging. Er war der Typ mit dem Kopftuch und nicht nur dadurch anders als seine Brüder. Tatsächlich war er vor Jahren einmal allein im Wald unterwegs gewesen, hatte sich prompt verlaufen und kam Wochen danach völlig verändert aus der Wildnis zurück. Erst später kam zutage, dass er sich auf einem sommerlichen Ausflug nach Trondheim verirrt hatte und angelockt von harten, metallischen Klängen auf ein Hardrockfestival der Menschen gestoßen war. Dort faszinierten ihn die heftigen Rhythmen, sodass er nach seiner Rückkehr alle heimischen

Lieder im Stil eines Rocksongs umkomponierte und des abends am Lagerfeuer seinen Brüdern vorzuspielen versuchte. Mehrmals musste er gewaltsam davon abgehalten werden, da niemand eine derartige Verunglimpfung des volkstümlichen Liedguts duldete. Also sieht und hört man ihn seitdem oftmals allein im Wald, wenn er wie von einer Tarantel gestochen herumtrommelt und zu singen versucht, obwohl er zwischen Moll und Dur nicht zu unterscheiden weiß. Auf seinem Ausflug hatten ihm die jungen Menschen von ihrem Bier und dazu reichlich Schnaps gegeben. Die Wirkung war für ihn derart faszinierend, dass er beschloss, sein eigenes Gesöff zu brauen. Anders konnten all jene, die später davon getrunken hatten, diese seltsame Mixtur nicht nennen. Die Zutaten waren irgendwelche Gräser aus dem Wald, etwas Saft einer Zuckerrübe, ausgekochte Baumrinde und einen ordentlichen Schuss vergorene Ziegenmilch. Zuletzt noch einen Eimer voll wahllos zusammengesammelter Wildbeeren, die erst zerdrückt und anschließend in den großen Brautopf geworfen wurden. Nach Wochen des Gärens hatte das Gebräu die Serienreife erreicht und wurde in Flaschen abgefüllt. Was am Ende dabei herausgekommen war, näherte sich buchstäblich dem Wahnsinn an. Das Gebräu als bewusstseinserweiternd zu bezeichnen, wäre eindeutig untertrieben und der total falsche Begriff. Das Zeug katapultierte jeden, der daran auch nur nippte, unvermittelt in eine andere Welt, womöglich zu den Göttern. Von besonderer Kreativität beseelt, die ihm sonst so gar nicht zu eigen war, nannte es sein Erfinder sinnigerweise Bridges to Wallhala.

Kalligiri, der Jüngste im Bunde, war ähnlich schräg unterwegs. Er suchte ebenfalls von Zeit zu Zeit die Flucht aus seiner realen Welt und schwor auf die Wirkung getrockneten Mooses, in das er zerkleinerte Elchhaare stopfte. Als Joint geraucht war die Wirkung für Stunden mehr als betörend, bereitete zunächst herrlich bunte Träume und ermöglichte einen aufregenden Gleitflug durch die undefinierbaren Sphären eines fantastischen Feenlandes. Nach der Landung beziehungsweise nach dem Erwachen gab es allerdings einen mächtig dicken Kopf und länger anhaltende Momente der Desorientierung. Genau aus diesem Grund verpasste er seiner göttlichen Kreation den Namen Odins Rache.

Auch wenn sich Aritari und Kalligiri permanent in den Haaren lagen, sah man sie häufiger gemeinsam und ausnahmsweise mal friedlich miteinander an abgelegenen Waldlichtungen auf irgendwelchen verrückten Trips durch die Welt der Ahnen schweben. Gregorian hatte seine Brüder ob ihrer seltsamen Genussmittel zu verstehen versucht, ein paar Züge an Odins Rache gemacht und sich einen eins zu zehn verdünnten Schluck Bridges to Wallhalla gegönnt. Diese Erfahrung hatte ihn ein für alle Mal geheilt. Nach seiner Genesung und wiedererlangter Stabilität des Blutdrucks vermochte er einfach nicht zu verstehen, wie seine Brüder diese Brühe und dazu das nicht minder eklige Kraut immer und immer wieder konsumieren konnten.

Trolle sind, schaut man bei Wikipedia vorbei, eigentlich riesengroß, aggressiv und dem Menschen überhaupt nicht zugetan. Allein der Geruch christlichen Blutes treibt sie zur Raserei. Tief in der Abgeschiedenheit der norwegischen Wälder allerdings hatte sich in abgelegenen Gebieten über viele Jahrtausende ein kleinwüchsiger Verwandter der großen Zottelwesen entwickelt, der den Menschen ob seiner Fähigkeiten beneidete, sich ihm zuzuwenden versuchte, ihn geradezu bewunderte und seine Sprache übernommen hatte. Ganz besonders stehen die kleinen Dreikäsehochmonster auf etwas, was ihre Vorbilder Schokolade nennen. Leider kommt man als etwas zu kurz geratener Trolling, wie die kleinen Waldwesen genannt werden, viel zu selten an diesen seltenen und begehrten Stoff. Doch wehe, wenn. Dann vergessen besonders unsere Drillinge ihre ohnehin nicht allzu große Zurückhaltung, den Tabak, den Schnaps und ihre durchaus löchrige Bildung. Dann übermannt sie die Sucht nach der süßen Verführung.

Die drei lebten bereits seit ihrer Kindheit im Elternhaus, das heißt in der elterlichen Höhle zusammen, denn Trollinge bauen keine Häuser. Außerdem hatten sie sich bislang als eiserne Junggesellen behauptet, was keinesfalls heißen sollte, dass das bis in alle Ewigkeit so bleiben wird. Allerdings muss sich ein heiratswilliges weibliches Geschöpf erst einmal dicht an diese Heimstatt heran- und dann auch noch zu den drei wilden Kerlen hineinwagen, was der Dame eine gehörige Portion Mut und Toleranz abverlangen würde. Um eines klarzustellen. Ordnung im eigentlichen Sinne ist etwas vollkommen anderes als das, was die junge Lady erwartete. Da sich die Herren niemals einigen konnten, wer die Unterkunft endlich mal wieder aufräumen sollte, blieb einfach alles dort, wo es war. Mit der Nahrungsaufnahme war es kein

Deut besser. Ihre Leibspeise, die sie praktisch täglich zu sich nahmen, bestand zunächst aus einem besonderen Gemüse. Vor der Höhle pflegten sie ein großes Feld mit leckeren Sumpfgurken. Diese tauchten sie nach der Ernte in eine brackige Plürre aus Torfwasser und Moos, ließen alles ein paar Tage in einem Holzfass gären, um sich die Kreation zusammen mit Töffies, das ist so etwas ähnliches wie unsere Kartoffeln, ausgiebig schmecken zu lassen. Das Zeugs wurde allerdings im Zuge der Verdauung durch die Poren ausgeschwitzt und sorgte für einen eher muffigen Körpergeruch, den die Trollinge als völlig normal und keinesfalls als störend empfanden.

Es war also später Abend, als das Team Chaos auf dem weiten Weg zum großen weihnachtlichen Stammestreffen sehr geräuschvoll durch den winterlichen Wald marschierte. Nicht nur der Rabbatz, den sie machten, sondern auch die geruchsintensive Dunstwolke, die sie verbreiteten und nicht zuletzt ihre optische Erscheinung mochte so manchen Waldbewohner erschreckt und verscheucht haben. Das aber kümmerte unsere drei Brüder herzlich wenig. Sie gingen einfach geradeaus, sobald sie irgendwann nach ausgiebigen

Diskussionen eine gemeinsame Richtung gefunden hatten. Und genau das war bekanntermaßen ein sehr spezielles und immer wiederkehrendes Problem, wie sich an der nächsten Weggabelung, die in genau zwei Richtungen führte, zeigen sollte.

Dort angekommen, schauten sie zunächst etwas unschlüssig in beide Richtungen, was erst einmal dazu führte, dass sie überhaupt nichts sahen. Wie auch. Es war ja schon fast Mitternacht und stockfinster. Einen kurzen Moment später räusperte sich Aritari:

»Ich würde vorschlagen, dass wir nach links abbiegen.«

Es war selbstverständlich nicht schwer zu erraten, dass sein widerspenstiger Bruder so ganz andere Ideen in sich beherbergte. Aritaris Vorschlag war für Kalligri keinesfalls hinnehmbar, weil es ja überhaupt nicht angehen konnte, das sein ach so schlauer Bruder in irgendeiner Form recht haben konnte. Und so entbrannte ein ordentliches Gezänk zwischen den beiden Streithähnen, das ein paar gepfefferte Salben trollischer Schimpfworte hervorbrachte und es zu keinem Zeitpunkt eine Chance auf eine Klärung zwischen den beiden gab.

»Was sollen wir denn Deinen Weg gehen. Der führt doch nur in das dunkele Nichts«, polterte Kalligri mit wilden Gesten und inzwischen schräg auf seinem Kopf sitzender Weihnachtsmütze durch des Waldes Stille.

»Du musst immer recht haben, kannst nie nachgeben und übersiehst dabei, dass auch Dein Weg nicht beleuchtet ist. Im Wald gibt es keine Lampen und das kann nur eines bedeuten. Nämlich, dass alle Richtungen ziemlich duster sind. Nur mal so am Rande erwähnt, Du Holzkopf.«

So etwas konnte der Gemeinte keinesfalls unkommentiert auf sich sitzen lassen. Er zauberte ebenfalls ein paar schauerliche Pöbeleien für seinen Bruder hervor, die wir uns an dieser Stelle ersparen wollen, denn eigentlich handelt es sich hier um eine Weihnachtsgeschichte und die Intension des brüderlichen Zwiegesprächs passt so gar nicht zu diesem Fest. Möglicherweise ging dieser Gedanke auch der eingangs erwähnten Elchkuh durch den Kopf. Das aber wird sich nicht mehr klären lassen.

Die behaarte Dame wagte gerade einen vorsichtigen Schritt aus dem Unterholz, als sie erneut auf das Team Chaos traf und stehenden Fußes kehrt machte, um ihre Nerven zu schonen.

Gregorian war währenddessen nur mit sich selbst und seinen tiefgründigen Gedanken beschäftigt.

Keine Beleuchtung im Wald und alle Wege führen ins Dunkel. Dass ich nicht lache. Die zwei Torfköppe haben überhaupt keine Ahnung und sehen die Schönheit des nächtlichen Winterwaldes einfach nicht. Das helle Licht der Sterne auf der dicken Schneedecke lässt den aufmerksamen Beobachter doch alles sehen. Wenn man jedoch nur mit Stänkereien beschäftigt ist, fällt einem so etwas Tolles auch nicht auf, überlegte er und blendete sich gedanklich aus dem Streit der beiden aus.

Er kannte dieses ewige Hin und Her und war inzwischen in der Lage, einfach nichts mehr wahrzunehmen, wenn er erst einmal im Meer seiner philosophischen Traumtänzereien versunken war. Dann aber sprach er wie aus dem Nichts mit ruhigem Ton und unterbrach den noch immer andauernden Zwist seiner Brüder:

»Wir folgen dem Abendstern!«

Gregorians Worte hatten immer Gewicht. Egal, was er von sich gab. Obwohl er zumeist leise sprach, war keine Silbe zu überhören. Aritari und Kalligri verschluckten sich fast an ihrem Getöse, als sie gleichzeitig innehielten und ihren

Bruder ansahen. Dann blickten sich die beiden Streithähne schweigend an, sahen hinauf zu den Sternen, noch einmal zueinander und anschließend zum ältesten Bruder.

»Das geht nicht. Dann müssten wir schnurstracks durchs Unterholz, denn geradeaus führt kein Weg.«

In dieser Sicht der Dinge, und immer, wenn es gegen den Ältesten ging, waren die zwei sich sofort einig, was ihnen aber noch nie etwas genutzt hatte, denn Gregorian setzte sich jedes Mal durch und das ganz ohne Streit.

»Es ist nicht immer der leichteste Weg, der Euch im Leben zum Ziel führt. Wichtig ist nur, dass Ihr dort ankommt, wo Ihr hin wollt.«

»Mag ja sein, aber kein normaler Trolling und auch kein Mensch würde im dunklen Wald den Weg verlassen, um durchs Unterholz zu kriechen.«

»Dir großen Chancen, meine lieben Brüder, bietet das Leben außerhalb aller Normen und abseits ausgetretener Pfade. Ihr werdet es schon noch erkennen. Also, wir folgen dem Abendstern.«

Sagte es, drehte sich um und marschierte los. Die anderen beiden kapitulierten und verschwanden ebenfalls in Dunkel, als sie den sich zügig entfernenden Bruder einzuholen versuchten, nicht aber, ohne ihrem Unmut im halblauten Zwiegespräch Luft zu machen.

»Was für eine blöde Idee.«

»Genau. So etwas kann nur von Herrn G. kommen«, wie sie den Bruder in solchen Momenten immer zu nennen pflegten.

Die Unbequemlichkeit des Weges ertragend, wühlten sich die drei eine ganze Zeit durch des Waldes dichtes Gestrüpp, bis sich irgendwann vor ihnen eine weitläufige, baumlose Ebene öffnete. Das ganze Land lag unter einer unberührten Schneedecke und das Licht des alles überspannenden Sternenzeltes hoch über ihnen ließ die Nacht erhellen. Der Abendstern, der auf der Nordhalbkugel unserer Erde nach Sonnenuntergang immer als Erstes am Himmel erscheint und zuletzt vom Licht des anbrechenden Tages überstrahlt wird, leuchtete einem Diamanten gleich. Am Waldrand standen die drei Geschwister, sahen staunend in die Ferne und schwiegen.

»Das alles kostet nichts. Die Natur ist immer da und es scheint mir täglich aufs Neue, als wartete sie nur, um von uns bestaunt zu werden. Und doch. Sie ist uns nichts schuldig, denn sie war schon sehr lange vor uns da«, sagte Gregorian und kleidete diesen atemberaubenden Blick in die ihm gebührenden Worte.

Bald setzten sie ihren Weg fort und aus der Entfernung sah man sie den Heiligen Drei Königen gleich schweigend und ruhigen Schrittes hintereinander durch die weiße Einsamkeit stapfen. Der Weg führte sie vorbei an kleinen Wäldchen und Seen, durch flache Senken und über zugefrorene Bäche. Die Tiere des Waldes kannten die Trollinge und kreuzten von Zeit zu Zeit vollkommen unaufgeregt den Weg der Brüder.

Die halbe Nacht war nahezu vorbei, als das Trio auf einem kleinen Hügel erneut innehielt und schweigenden Blickes in ein kleines Tal starrte, in dessen Mitte sich ein zugefrorener See ausbreitete. Am südlichen Ufer waren flackernde Lichter in der dunklen Nacht erkennbar, die ihre Aufmerksamkeit fesselten. Dann unterbrach Kalligiri die Stille und sagte:

»Das ist ein Haus.«

Dann, nach einer kurzen Pause:

»Dort wohnen die Menschen.«

»Und es gibt sicherlich Schokolade«, meinte Aritari.

»Klar. Es ist Weihnachtszeit«, sagte Gegorian.

»Ich möchte auch so ein Haus. Unsere Höhle in den Wäldern ist ständig feucht, schmutzig und kalt. Bei den Menschen knistert immer ein Feuer, es ist warm und sauber.

Dort wird richtig gekocht und das Essen schmeckt gewiss besonders gut«, betonte Kalligiri.

Darauf Gegorian:

»Unsere leckeren Sumpfgurken in Torfwasser mit den Töffies mag ich schon recht gern und nach der Mahlzeit eine Prise rauchen ist ebenfalls nicht zu verachten.«

»Und ein Schluck Bridges to Wallhalla rundet das Mahl angemessen ab«, war Aritaris Beitrag.

»Wollt Ihr nun weiter im Wald leben oder in einem schicken Haus?«, fragte Gregorian.

Seine Brüder schwiegen einen Moment, bis Kalligiri meinte:

»In einem schicken Haus, aber mit Sumpfgurken, Odins Rache und .... «

»Ruhe jetzt, unterbrach ihn Gegorian. Ich will nichts mehr hören.«

Dann gingen die drei hinüber zu einem Wäldchen und näherten sich in dessen Schatten den unwiderstehlich leuchtenden Lichtern. Bald darauf standen sie am Gartenzaun des Hauses und überlegten, wie sie jetzt unbemerkt ins Innere gelangen konnten, denn sie würden sich zu gern ansehen, wie es drinnen aussah und ob es zu so später

Stunden tatsächlich noch etwas Leckeres zu essen gab. Dann krochen sie behände auf das Dach eines kleinen Schuppens, drückten ganz vorsichtig gegen das für sie erreichbare Fenster und stellten fest, dass es lediglich angelehnt war. Kurzerhand öffneten sie es und kletterten hindurch.

»Mach es wieder zu, damit es hier drinnen nicht kalt wird und niemand etwas merkt«, flüsterte Kalligiri.

In dem Zimmer war lediglich eine kleine Nachttischlampe eingeschaltet, die Koje verlassen und das Bettuch ordentlich zurückgeschlagen. Die drei stand staunend in der Mitte des Raums.

»Wie gemütlich es hier ist«, sagte Aritari.

»Stimmt genau und so sauber«, gab Gregorian zurück.

»So ganz anders als in unserer Höhle.«

»Nun lasst es mal gut sein. Die Menschen leben halt ganz anders, aber bei uns zu Hause kann man sich auch richtig wohlfühlen.«

»Quatscht nicht so ein blödes Zeug«, warf Kalligiri ein.

»Schaut lieber, was ich hier entdeckt habe.«

Und schon hörte man sie gemeinsam schmatzen, als sie sich gierig wie immer, wenn es etwas zu futtern gab, über einen großen Teller mit süßen Sachen hermachten. Keiner von ihnen hegte irgendwelche Bedenken, dass diese Leckereien nicht für unsere Rabauken bereitgestellt wurden. Vielmehr stopften die drei Buffetfräsen möglichst rasch ein Stück Schokolade nach dem anderen in den Mund, denn abgeben und Rücksicht nehmen waren nicht unbedingt ihre besten Charaktereigenschaften. Auch oder gerade nicht im Familienverband. Schließlich hatte jeder von ihnen bereits seit Kindertagen mit den verfressenen Brüdern teilen müssen. Doch die Bereitschaft dazu hatte sich irgendwann erledigt. Anders ausgedrückt und frei nach dem Motto *selbst essen macht dick*, gönnten sie sich gegenseitig überhaupt nichts, wenn es darum ging, die anderen zu übervorteilen. Und auch nicht anders als in ihrer Höhle im heimatlichen Wald warfen sie allen Abfall einfach hinter sich. Folglich sah es nach nur wenigen Minuten in diesem zuvor so aufgeräumten Zimmer aus, als wäre ein wild gewordener Mülllaster mit defekter Ladefläche einmal quer durch das Zimmer gefahren.

»Was machst Du denn um diese Zeit in der Küche?«, wollte der Vater wissen.

»Wieso? Du bist doch auch hier«, antworte der Sohn.

»Aber Jal. Ein Junge Deines Alters braucht den Schlaf. Du solltest nicht mitten in der Nacht durchs Haus geistern.«

»Ich gehe ja gleich wieder nach oben. Ich möchte nur einen Schluck Milch trinken.«

Anschließend sprachen die beiden noch eine kleine Weile miteinander, bis Jal aufstand und die Treppe hinaufging.

Mit müden Augen schlich er ins Bett und deckte sich zu. Im Halbschlaf hatte er noch den seltsamen Geruch in seinem Zimmer wahrgenommen, in diesem Moment aber nicht weiter darauf geachtet. Schnell war er eingeschlafen und nach einigen Minuten wagten sich die drei Trollinge vorsichtig aus ihren Verstecken. In ihrer Fressgier hatten sie es gerade noch rechtzeitig geschafft, sich unter einem Tisch zu verkriechen, als sie die nahenden Geräusche im Treppenhaus gehört hatten. Leise tuschelten sie miteinander, was jetzt wohl zu tun wäre. Genau das war ziemlich schwierig. Weiter Schokolade verputzen ging nicht und durchs Fenster ins Freie kriechen schien unmöglich. Durchs Zimmer schleichen und dann das Haus erforschen, war auch nicht drin. Doch dann nahm das Schicksal seinen ganz eigenen Lauf. Aritari und Kalligiri bekamen sich aus bekannten Gründen ein weiteres Mal in die Wolle, zankten halblaut keifend los, worauf der Junge aus dem

Schlaf erwachte, das Nachtlicht einschaltete und erstaunt zu den Brüdern schaute.

»Wer seid Ihr denn und wie kommt Ihr hier herein?«

»Die drei waren das erste Mal seit langer Zeit um ein Wort verlegen. Sie sahen sich an, blickten erneut zu dem Jungen. Gegorian hob die linke Hand und zeigte wortlos auf das Fenster.

Was sind das denn für seltsame Käuze, überlegte der Junge.

Zotteliges, mehr als ungepflegtes langes Haar am ganzen Körper, verschlissene Klamotten mit vielen Löchern, kugelrunde, große und gelblich leuchtende Pupillen. Die unbeschuhten, dafür aber stark behaarten Füße schienen im Vergleich zu ihren etwa achtzig Zentimeter Körpergröße deutlich überdimensioniert. Genauso sah es mit den Händen aus. Übergroß, natürlich behaart und lange, ungepflegte Fingernägel, unter denen sich der halbe Wald eingenistet hatte. Wie der Rest dieser Erscheinungen konnte das seltsame Gebiss bei keinem von ihnen als gepflegt durchgehen. Und dann dieser Geruch, der von ihnen ausging. Brackig, geradezu vermodert und ziemlich penetrant.

So standen sie nun da. Ertappt, verdattert und Mitleid erregenden Dackelblick, der nichts anderes ausdrücken sollte als:

»Wir sind eigentlich gar nicht schuldig und nur durch Zufall hier herein geraten.«

Jal, ein zwölfjähriger, selbstbewusster Junge, erkannte die Furcht der Drillinge und beruhigte sie.

»Macht Euch keine Sorgen. Ich rufe nicht nach meinem Vater. Wir sind hier ungestört. Aber sagt mir doch bitte, was hier so unangenehm riecht. Habt Ihr etwas mitgebracht, was diesen Dunst verbreitet?«

Diesmal hoben alle drei eine Hand und wiesen auf den neben sich stehenden Bruder, worauf Jal lachen musste.

»Meine Güte, das muffelt aber ordentlich. Wie müssen gleich mal das Fenster öffnen und Ihr müsst vor allem mal wieder duschen.«

»Was ist duschen?«, wollte Gegorian vorsichtig fragend wissen.

»Na, im Bad unter fließendes Wasser stellen, sich ordentlich einseifen und dann alles abspülen.«

»Wird man nicht krank davon?«

»Nein, aber sauber«, antwortete Jal.

Das behaarte Dreigestirn mochte sich so etwas gar nicht vorstellen. Sie waren ja fasziniert von den Menschen, aber alles musste man ja nun wirklich nicht toll finden. Duschen stand ab sofort auf ihrer schwarzen Liste.

»Sich unter laufendes Wasser stellen. Das wäre ja noch schöner«, murmelte Aritari halblaut und die anderen nickten zustimmend.

»Bestimmt habt Ihr auch diese Unordnung gemacht«, stellte Jal fest und das Brudergespann schaute erneut schuldbewusst zu Boden.

»Macht ja nichts. Wir können ja gleich zusammen aufräumen«, schlug der Junge vor.

»Und was ist das jetzt wieder?«, fragte Gegorian erneut nach.

»Ordnung schaffen. Das Papier aufsammeln und wegräumen, eben sauber machen«, erklärte der Junge und überlegte, wie es wohl bei seinen Gästen zu Hause aussehen musste, wenn sie weder duschten noch aufräumten.

Wer weiß, was sie sonst noch alles nicht machten, ging es ihm durch den Kopf, derweil die schwarze Trollingliste um das Wort Ordnung ergänzt wurde.

Kalligiri hielt einen großen Schokoladenweihnachtsmann versteckt hinter seinem Rücken in den Händen und spürte, wie dieser durch die warmen Trollinghände zusehends weicher wurde. Irgendwann ging es dann auch nicht mehr. Bevor der Schokomann zu fließen begann, zog er seine Hände hervor und begann erneut genüsslich daran zu knabbern. Jal unterhielt sich inzwischen mit Gegorian und beobachtete Kalligiri beim Naschen. Bald fragte er:

»Schmeckt es Dir?«

Der Trolling nickte und biss inzwischen sichtlich entspannt eifrig in den Weihnachtsmann.

»Das war mal ein Osterhase«, sagte der Junge plötzlich.

Kalligiri erschrak, hörte auf zu essen und verschluckte sich fast.

»Im Ernst. Die ganzen Weihnachtsmänner waren mal Osterhasen?«, wiederholte Jal fragend.

Kalligiri, der nicht ahnen konnte, was der Junge eigentlich damit meinte, vermochte sich beim besten Willen nicht vorstellen, wie sich ein Mümmelmann zuerst in Schokolade und später noch in einen Weihnachtsmann verwandeln konnte. Er fand die Fähigkeit für eine solche Mutation mehr als beängstigend. Was er aber genau wusste war, dass er überhaupt nichts mit Hasen zu tun haben wollte.

Seine Brüder hatten mal so ein Biest gefangen, in Moorwasser eingelegt und zum Essen serviert. Das schmeckte ihnen wie eingeschlafene Füße.

Machen wir uns nichts vor. Sumpfgurken kann man einfach auf den Tisch bringen, aber keinesfalls einen langohrigen Stoppelhopser, dachte der Trolling.

Hasen und Kaninchen waren ihm ohnehin suspekt. Warum konnte er sich selbst jedoch nie erklären. Das war aber auch relativ unbedeutend. Er mochte sie einfach nicht, und wenn sich Meister Lampe nun auch noch in andere Wesen aus Schokolade verwandeln konnte, machte ihn das nur noch verdächtiger. Kalligiri sah sich durch diese neuen Erkenntnisse in seiner ablehnenden Haltung bestätigt. Am Ende seiner verworrenen Gedankenkette schaute er auf die schmelzende Schokolade in seinen Händen, für die er kurz zuvor noch alles stehen und liegen gelassen hätte, überlegte und schrieb das Wort Schokolade auf seine eigene Blacklist.

Ob er diesen Punkt in letzter Konsequenz auch tatsächlich umgesetzt hat, bleibt für uns im Verborgenen.

Nach einiger Zeit plauschten die vier recht entspannt. Die Waldbewohner hatten sich im Zimmer verteilt. Gregorian saß mit schaukelnden Beinen auf dem Schreibtisch, Aritari bewachte den Teller mit den Leckereien. Kalligiri hatte ein kleines Sofa in Beschlag genommen und schon mal die Füße hochgelegt. So ließ es sich prima quatschen. Das Trio erzählte vom wilden und freien Leben der Trollinge und erfuhr selbst vieles aus dem Dasein der Menschen. Dass sich die beiden Streithammel dabei immer wieder ins Gehege kamen, bedarf natürlich keiner besonderen Erwähnung mehr.

»Warum schleicht Ihr eigentlich bei der Eiseskälte durch den düsteren Wald?«, wollte Jal wissen.

»Das ist doch gefährlich und von der Wetterlage her sehr unangenehm. Ihr habt sicherlich ein Haus oder eine andere Unterkunft?«

»Wir sind auf dem Weg zu unseren Verwandten und sehen sie alle nur einmal im Jahr. Da kann uns nichts in der Welt aufhalten. Und gefährlich ist es für uns nur sehr selten. Zuweilen sind zwar ein paar Wölfe auf der Durchreise, aber die scheinen uns aus irgendwelchen unerfindlichen Gründen nicht zu mögen. Vermutlich sind wir für sie viel gefährlicher.

Jedenfalls nehmen sie bei unserem Anblick alle Reißaus«, erklärte Aritari.

Er hatte wissentlich nichts von ihrer Höhle erzählt, um neugierige Nachfragen des Jungen von vornherein auszuschließen. Nachdem er vorhin noch die Ordnung in diesem gemütlichen Zimmer bestaunt hatte, mochte er einfach nichts von der Trollingheimstatt erzählen. Wenn drei Junggesellen in einer Höhle hausen, darf man einfach nicht zimperlich sein.

Ich denke, bei mir wäre es wie bei den Wölfen, wenn mir diese Truppe nachts im Wald begegnete, ging es Jal durch den Kopf. *Ich weiß nicht, warum ich sofort abhauen würde. Vielleicht wegen ihres verwegenen Aussehens, ganz bestimmt aber könnte ich die Dunstwolke, die sie ständig umgibt, nicht länger als unbedingt nötig ertragen. Vielleicht sollten wir auch jetzt endlich einmal das Fenster öffnen,* überlegte er weiter.

»Und wie feiert Ihr Menschen das Weihnachtsfest?«, fragte Gregorian interessiert nach.

»Bei uns beginnt die Weihnachtszeit schon Ende November. Es ist die Adventszeit. Die Häuser werden schön geschmückt, überall leuchten in den Wohnzimmern Kerzen auf Tannenkränzen, wir hängen Sterne an den Christbaum und am Heiligen Abend gibt es leckeres Essen und schöne Geschenke.«

»Du wohnst aber hier so weit draußen. Kommen denn Deine Freunde noch?«

»Nein. Ich bin mit meinem Vater allein. Meine Mutter wohnt nicht mehr bei uns. Aber das macht nichts. Es gibt ja WhatsApp und dadurch bin ich mit allen wichtigen Menschen jederzeit verbunden.«

»Und singt Ihr denn hier keine Weihnachtslieder?«

»Nein. Bei uns läuft immer ein CD-Player oder es kommt Musik von einem Streamingdienst.«

Es dauerte einige Zeit, bis er seine Worte so erklärt hatte, dass die staunenden Besucher alles verstanden hatten, was damit gemeint war. Zumindest nickten sie. Begriffen hatten sie vermutlich rein gar nichts.

»Und gemütlich haben wir es besonders an diesem Abend. Die Kerzen und Sterne am Weihnachtsbaum, alles ist ruhig und besinnlich.«

Die Trollinge waren inzwischen ganz leise und ihre staunenden Kulleraugen noch größer geworden. Dann aber war so etwas wie Nachdenklichkeit in ihren Gesichtern zu sehen. Sie schauten sich an, sagten kein Wort und überlegten, ob sie selbst nun ein schöneres Weihnachten hatten oder ob das Fest der Menschen erstrebenswerter wäre. Ihre grenzenlose Bewunderung für das Menschsein trübte sich in diesem Moment deutlich ein.

Dann erzählte Aritari:

»Du weißt ja, wir wandern jetzt noch zwei Tage durch die Wälder. Dann aber, wenn wir uns nach langer Zeit in die Arme fallen, geht das Fest richtig los. Wir machen uns keine Geschenke, wir versprechen uns aber die Liebe und die Freundschaft. Wir sitzen auch nicht in einem großen Raum mit Heizung, Sofa und Fernseher, sondern treffen uns draußen in der verschneiten, frostigen Nacht an einem riesigen Feuer mitten im Dorf. Auch gibt es bei uns keinen Schmuck an irgendwelchen Bäumen. Wir haben hunderttausend Sterne hoch am Himmel über uns. Und dann gibt es keine Musik aus so etwas Komischem, wie Du uns erklärt hast. Wir singen die ganze Nacht aus voller Kehle. Manch einer richtig und ganz viele ordentlich falsch und natürlich durcheinander. Und das ist sehr sehr schön. Wir brauchen auch nicht dieses andere Seltsame, um uns miteinander zu verbinden. Wir sind im Kreis unserer Familien mit Freunden und Nachbarn am Feuer beisammen. Alle gehören dazu. Niemand bleibt allein und keiner wird ausgeschlossen. Selbst unsere Tiere sind Teil der Gemeinschaft. Mehr brauchen wir einfach nicht. Und nach einigen Tagen, wenn wir ausgiebig getrunken, gegessen, gefeiert und im weichen, nach dem letzten Sommer duftenden Stroh in den Ställen ausgeschlafen haben, zockeln wir wieder los und wandert zurück nach Hause.«

Jal war begeistert von diesen Erzählungen und malte sich aus, wie es wohl wäre, so ein Trollingfest mitzuerleben. Indem er über die romantischen Ausführen nachdachte, sagte Gregorian:

»Weißt Du, nicht wer viel hat, sondern wer wenig braucht, ist wirklich reich und wir Trollinge sind in unserer Einfachheit sehr viel mehr als glücklich.«

Nach einigen weiteren Minuten drängte er seine Brüder zum baldigen Aufbruch.

»Wir haben noch einen weiten Weg vor uns«, sagte er dem Jungen, der die drei haarigen Gesellen gern noch etwas bei sich gehabt hätte.

Aritari und Kalligiri, die sich übrigens seit einer geschlagenen Stunde nicht mehr gestritten hatten, nickten zustimmend. Dann aber kam der Aufbruch und kaum war die

Truppe durchs Fenster ins Freie geklettert, ging es prompt wieder los.

»Nicht mal aus dem Fenster klettern kannst Du!«

»Und Du hast dem Jungen alles weggefressen!«

»Du meinst, ich habe Dir alles geklaut und nicht unserem kleinen Freund.«

»Der übrigens viel größer ist als Du.«

»Und auch als Du.«

»Stimmt gar nicht.«

»Stimmt wohl.«

»Ruhe jetzt«, mischte sich Gregorian ein.

»Ach, der Herr hat auch was zu sagen«, kam es jetzt einstimmig aus den Mündern der Streithähne.

Wer diesen kleinen Chaoten hätte zuschauen oder -hören können, würde sich vermutlich kopfschüttelnd die Haare raufen. Die Trollinge jedenfalls verschwanden sofort im Wald und waren wenige Augenblicke später nicht mehr zu sehen. Bald danach verstummte auch ihr Gemecker, das noch einige Momente zwischen den Bäumen zu hören war.

Jal hatte sein Zimmer noch ordentlich gelüftet, aufgeräumt, sich ins Bett gelegt und für den Rest der Nacht sehr tief geschlafen, als sein Vater ihn am späten Vormittag weckte. Verschlafen rieb er sich die Augen und hörte ihn im Weggehen sagen:

»Du musst mal lüften. In Deinem Zimmer riecht es irgendwie seltsam und iss bitte nicht so viel Schokolade. Dein Teller ist vollkommen leer. Du verputzt doch sonst kaum was von den süßen Sachen.«

Der Engel im Kirschbaum

Da stand er nun in seiner ruhigen Wesensart. Unbeweglich, still, wunderschön und mit fester Haltung. Nichts konnte ihn erschüttern. Er ließ sich von niemandem aus der Ruhe bringen und auch das schlechteste Wetter vermochte ihm nichts anzuhaben. Ich bewundere ihn bis zum heutigen Tag und spüre in jeder Sekunde, in der ich ihn ansehe, seine stumme Überlegenheit. Ohne ein Wort zu sagen, finde ich inneren Halt in seiner Nähe und wünsche mir so oft ein Stück weit so zu sein wie er. Die Rede ist von dem uralten Kirschbaum in meines Nachbarn Garten, der vor vielen Jahren seine Wurzeln für eine kleine Ewigkeit ins Erdreich gegraben, inzwischen eine stattliche Größe erreicht hatte und so vielen Tieren ein Zuhause bot. Besonders der Buntspecht, der mit seiner Familie weit oben in der Krone des Baumes wohnt, hat es mir angetan. Es ist zu lustig, ihn zu beobachten, wenn er unaufhörlich mit seinem Schnabel auf die Rinde drischt, sodass die Fetzen oder besser gesagt, die Späne fliegen. Warum der kleine Kerl davon keine Kopfschmerzen bekommt, bleibt mir ein Rätsel. Der alte Baum aber stört sich kein bisschen daran. Genauso die Eichhörnchenfamilie, die eine Etage unter den Spechts in einem großen Astloch ein Zuhause gefunden hat oder die vielen Vögel, die auf den Ästen landen, um eine Pause einzulegen. Einzig unsere graue Katze sitzt oft missgelaunt im schattigen Gras, weil sie nur zu genau um ihre Chancenlosigkeit weiß, niemals einen der Vögel oder aber ein Eichhörnchen erwischen zu können. Gerade diese flinken Kletterkünstler necken sie stetig und zeigen ihr ihre Grenzen auf. Die gestreifte Diva ist keinesfalls eine lahme Ente, wenn sie auf Beutezug geht, aber die Behändigkeit der rotbraunen Kletterakrobaten ist für sie die blanke Deklassierung. Insgesamt war und ist es immer wieder ein wunderbares harmonisches Bild, sich abseits dieses Kleinods niederzusetzen und dem kunterbunten Treiben zuzuschauen.

Manchmal beginnt die Vorweihnachtszeit bereits im Juli und so möchte ich von ein paar Ereignissen eines glühend heißen Sommertages erzählen, die sich vor ein paar Jahren zugetragen und erst im Dezember desselben Jahres ihre Dynamik entfaltet haben.

Wie ich schon erzählte, saß ich wieder einmal in meinem Garten, genoss den herrlichen Tag und schaute einige

Momente den Nachbarskindern beim Spielen zu. Dann las ich in meinem Buch und ließ den Herrgott einen guten Mann sein, wie eine bei uns gängige Redewendung sagt. Die drei halbwüchsigen Gören auf der anderen Seite des Zauns waren wie immer nicht zu überhören und ließen ihrem kindlichen Übermut freien Lauf. Mich und die Tiere im Kirschbaum störte das aber nicht weiter. Für mich müssen Kinder so sein, sollen toben und sich zanken. Also ließ ich sie gewähren. Plötzlich aber verstummte die das Getöse der kleinen Rasselbande. Von der plötzlichen Stille aufgeschreckt warf ich einen aufmerksamen Blick über den Zaun und sah, dass sich die Kleinste von ihnen auf die Nase gelegt und die Knie aufgeschlagen hatte. Ihre Schwestern standen einigermaßen hilflos daneben und begutachteten die blutigen Stellen des gestürzten Mädchens. Das aber rappelte sich schnell wieder auf, humpelte zwei, drei vorsichtige Schritte im Kreis, um dann ohne weiteres Gejammer das gewohnte Spieltempo wieder aufzunehmen.

Jetzt war ich an der Reihe. Mir kam die Idee, dass ich wenigstens für einen Moment mit ihnen spielen sollte, was ich irgendwie immer tat, wenn wir uns begegneten. Dazu muss man Folgendes wissen. Trotz eines achtbaren

Kilometerstandes auf meiner Lebensuhr habe ich noch immer einen Fuß in der Tür meiner Kindheit und den werde ich dort auch immer lassen. Da ich als Bub kein wirkliches Kind von Traurigkeit war, hatte ich schon damals zuweilen etwas sehr kuriose Ideen. Auch das hat sich bis zum heutigen Tag nicht gelegt.

In meinem Garten gibt es einen Brunnen. Der ist tief und mit sehr kaltem Wasser gefüllt. Die Temperatur des kühlen Nasses liegt ganzjährig gleichbleibend bei etwa fünf Grad Celsius. An diesem heißen Julitag warf ich also die Pumpe an, nahm den Gartenschlauch in die Hand und tat, als wollte ich den Rasen sprengen. Sofort erntete ich die Aufmerksamkeit der Mädchen, die nur zu genau wussten, dass sie bei mir immer mit etwas Verrücktem rechnen mussten. Voller Neugier standen sie jetzt wie die Orgelpfeifen nebeneinander, beobachteten mich wortlos und erwartungsvoll. Ich sprach sie nie mit ihren richtigen Namen an, sondern hatte ihnen von groß nach klein einen Einheitsnamen verpasst, und so hießen sie bei mir Grete eins, zwei und drei, was sie selbst recht lustig fanden und auf die sie tatsächlich reagierten.

»Na, eine kleine Wassershow gefällig?«, rief ich über den Zaun und ohne eine Antwort abzuwarten, fingen sie sich eine eiskalte Dusche ein und wussten im ersten Moment ob des Kälteschocks nicht recht, ob sie lachen oder meckern sollten.

Auch das wartete ich erst gar nicht ab, hob den Schlauch erneut und weiter ging es mit der Frischhaltekur, sodass die Rasselbande binnen Sekunden klatschnass und quiekend wie kleine Ferkelchen durch den Garten tobte. Vielleicht sollte ich der Vollständigkeit noch erwähnen, dass ich in meinem Eifer, die Mädels zu duschen, den Wasserstrahl auch einmal unbeabsichtigt auf das offen stehende Wohnzimmerfenster der Nachbarin schwenkte, hinter dem sie für den erwarteten Besuch die Kaffeetafel gedeckt hatte. Um es kurz zu machen. Ich hatte richtig gut getroffen und Grete drei, also die Kleine mit den aufgeschlagenen Knien, sagte eingeschüchtert mit weit aufgerissenen Augen:

»Oh je, das gibt Mecker.«

Und sie sollte recht behalten, denn bald darauf erhielt diesmal ich von ihrer Mutter eine Dusche der ganz anderen Art. Das war es aber noch nicht an diesem Nachmittag. Die mütterliche Standpauke hatte sich schnell erledigt und in beiden Gärten war bald wieder sonntäglichen Ruhe eingezogen. Ich saß inzwischen wieder in meinem Sonnenstuhl, der Specht hämmerte gegen den Baum und die

Kinder kletterten auf dem Gerüst ihrer Schaukel herum, als Grete drei halblaut und mehrmals über den Zaun zu mir herüberrief:

»Doofmann, Blödkopp, Doofmann, Blödkopp!«

Das Früchtchen besuchte seit einiger Zeit den hiesigen Kindergarten, hatte seine kindliche Wortsammlung nicht nur um diese beiden Worte erweitert und wollte vermutlich testen, wie sie anzuwenden sind und welche Wirkung sie hervorrufen würden. Auch in diesem Moment dachte ich an meine eigene Kindheit und erinnerte mich, dass ich kein Deut besser gewesen bin. Nun hatte die Kleine aber die Rechnung ohne den Wirt gemacht. Ich blieb erst einmal ungerührt in meinem Stuhl sitzen und hörte wenig später meinen Namen und erneut besagte Schimpfworte. Die drei Schwestern warteten gespannt und reglos auf meine längst überfällige Reaktion. Die zögerte ich allerdings bewusst etwas hinaus, um die Spannung noch zu steigern. Dann aber stand ich auf, ging an den Zaun und fragte das Dreigestirn:

»Was macht der Weihnachtsmann eigentlich im Sommer?«

Sie sahen einander verdutzt an und wussten meine Frage ganz offensichtlich nicht einzuordnen.

»Also los«, sagte ich.

»Wer weiß die Antwort?«

Das hatten sie ganz offensichtlich nicht so für sich geplant. Jetzt waren sie es, die in der Bringerrolle waren. Eine Antwort hatten die Damen jedoch nicht parat, waren inzwischen aber ganz weit weg von den frechen Äußerungen.

»Er sitzt in kurzer Hose in Florida am Strand und geht im Meer schwimmen«, erklärte ich.

Die Mädels überlegten und rätselten, wie es jetzt weitergehen würde, als ich bereits mit der nächsten Frage hinter dem Busch hervorkam.

»Wenn der Weihnachtsmann aber gerade am Strand sitzt, Eis futtert und es sich gut gehen lässt, woher kann er im Winter zur Bescherung wissen, was ihr über das Jahr für Unfug angestellt habt?«

Bedächtiges Schweigen und angestrengtes Nachdenken überzog die kindlichen Gesichter. Doch wo war nun die Auflösung dieses Knotens. Im Sommer dachte niemand an Weihnachten, doch mussten meine Fragen etwas Bedenkenswertes in ihnen ausgelöst haben, denn die drei Mädchen sahen mich reglos und weiterhin erwartungsvoll an.

Was, wenn er (also ich) *recht hatte? Was, wenn der Weihnachtsmann tatsächlich davon Wind bekäme?,* mochten ihre Gedanken gewesen sein.

Ich ließ sie noch einen Moment schmoren und sagte dann Folgendes:

»Im Sommer schickt Santa Claus seine Engel um die ganze Welt. Die beobachten die Kinder und berichten ihm dann, wer zwischen den Weihnachtsfesten frech oder lieb gewesen ist. Doch gibt es zwei Dinge zu beachten.«

An dieser Stelle machte ich eine betont ausgiebige Redepause und sah die sich steigernde Spannung in den kindlichen Gesichtern. Dann aber erklärte ich:

»Wir Menschen können die Engel niemals sehen. Die aber sitzen sehr gern in schattigen Kirschbäumen, um die Kinder zu beobachten und sich Notizen über ihr Verhalten zu machen.«

Kaum, dass ich meine Worte ausgesprochen hatte, drehten sich die drei Orgelpfeifennasen synchron nach rechts und schauten wortlos in Richtung Familie Specht. Doch sahen sie nichts. Keine Spur von einem Engel. Aber sie hatten ja gerade gelernt, dass die Elfen aus dem Himmel für uns unsichtbar bleiben.

Noch einmal unterstrich ich:

»Wir können sie tatsächlich nicht sehen und doch sind sie da.«

Die Kinder sahen mich an, tuschelten miteinander, wagten einen letzten scheuen Blick in die Krone des alten Baumes und stürzten dann ins Haus. Vermutlich musste erst mal die Mutter befragt werden, ob ich ihnen nicht schon wieder und wie so oft irgendwelches dummes Zeug erzählt hatte. Ihre Mama aber kannte mich und eben auch ihre Kinder. Da sie ein unbedingtes Interesse an lieben Kindern hatte, wird sie meiner Geschichte zugestimmt haben. Es darf vorausgesetzt werden, dass ihre Töchter Worte wie Blödmann oder Doofkopp in diesem Moment gänzlich unerwähnt gelassen haben.

Hätte ich an ihrer Stelle auch getan, überlegte ich.

Doch meine Rache würde süß sein, lachte ich in mich hinein und rieb mir freudig die Hände.

Der Sommer ging viel zu schnell dahin, es kam der Herbst und dann fiel auch schon der erste Schnee. Die Nachbarmama fragte mich wie immer in den ersten Dezembertagen, ob ich denn auch in diesem Jahr wieder den Weihnachtsmann bei ihren Kindern spielen würde. Diese Frage hatte ich natürlich erwartet und würde das Tête-à-Tête des Sommers, das von den Kindern längst vergessen war, am Heiligen Abend noch einmal hervorkramen. Das sollte doch ein ordentlicher Spaß werden, freute ich mich insgeheim.

In roter Robe, mit langem weißem Bart und einem großen Sack voller Geschenke stapfte ich durch den Schnee an die nachbarliche Haustür und klingelte energisch, räusperte mich lautstark und tönte durch die Winternacht:

»Hohoho. Wie lange soll ich denn noch warten und frieren?«

Es öffnete sich die Pforte und ich musste mein Lachen mit ganzer Kraft unterdrücken, als ich in das weihnachtlich geschmückte warme Wohnzimmer trat. Die drei kleinen Schreckschrauben verschanzten sich sicherheitshalber erst einmal hinter Papas breitem Rücken und wagten es kaum, zu mir aufzuschauen. Nichts war zu sehen von dieser frechen kleinen Bande des vergangenen Sommers.

»Und?«, fragte ich mit verstellter tiefer Stimme.

»Wart ihr denn auch lieb in diesem Jahr?«

Vorsichtiges Nicken war zu erkennen. Zu sprechen traute sich niemand. Vater und Mutter genossen die Stille ihres sichtlich eingeschüchterten Nachwuchses.

»Sagt mal. Ihr habt doch einen Nachbarn. Ist der denn immer lieb zu Euch? Da muss ich nämlich nachher noch hin. Vielleicht hat er gar kein Geschenk verdient.«

»Ja, der ist immer lieb, allerdings macht er ganz oft sehr viel Quatsch und ärgert uns manchmal.«

In diesem Moment waren die kleinen Seelen offensichtlich froh, dass ich sie nicht so richtig im Visier hatte und erzählten jetzt befreit und munter drauflos, was sie von mir hielten und wie sie mich sahen.

»Im Sommer hat er uns mit kaltem Wasser nass gespritzt«, erfuhr ich über mich und hätte am liebsten laut losgelacht.

Es war wirklich lustig, so etwas über sich selbst zu hören, denn es sprudelte völlig spontan und ehrlich aus den kleinen Mündern. Nun waren alle drei abwechselnd dabei, meine Missetat mit dem kalten Wasser aus dem Brunnen bis ins Kleinste zu schildern. Dann aber kam meine Frage, warum er das denn gemacht hat. Erneutes Schweigen füllte den Raum. Um ihnen auf die Sprünge zu helfen, kramte ich die Blödmann- und Doofkoppgeschichte aus und erwähnte, dass ein Engel im Kirschbaum sitzend alles mit angehört hatte. Betreten sahen die Mädels zu Boden und vermittelten ihren Eltern und mir das Gefühl, dass sie nicht recht wussten, wie sie aus dieser Bredouille herauskommen konnten.

»Das war von Euch natürlich nicht sehr nett«, erklärte ich, schaute sie mahnend an und griff dann vorsichtig in den Sack mit den Geschenken, um sie mit ihren kleinen Fehltritten nicht zu sehr zu belasten.

Das war dann endlich die Erlösung für die drei. Jetzt etwas mutiger kamen sie zu mir, nahmen die bunten Pakete entgegen und zuletzt sagte Grete drei ganz mutig und keck:

»Deine Schuhe sehen aus wie die von unserem Nachbarn. Du bist auch genauso groß und ein wenig hörst Du Dich auch so an.«

An dieser Stelle rettete mich ihre Mama und sagte:

»Wollt Ihr nicht lieber Eure Geschenke auspacken?«

Von diesem Tage an hörte ich nie wieder etwas Freches oder Unhöfliches aus den Mündern dieser Kinder. Inzwischen sind sie viel größer und doch habe ich so meine Zweifel, ob sie wissen, wer der Weihnachtsmann damals wirklich war.

Der hellste Stern am Himmel

(von Mirjam Jasmin Strube)

In dem kleinen, abgelegenen Dorf Eldoria, das von einer zauberhaften Winterlandschaft umgeben war, lebte ein einsamer alter Mann namens Max. Er hatte einst eine liebevolle Familie gehabt, doch das Schicksal hatte ihm viel genommen. Seine Frau war vor vielen Jahren verstorben, und seine Kinder hatten sich in die Ferne begeben, um ihr Glück zu suchen. Seitdem verbrachte er die meiste Zeit allein in seinem kleinen, gemütlichen, aber einsamen Haus. Als das Weihnachtsfest näher rückte, spürte Max eine besondere Magie in der Luft. Die Dorfbewohner hatten bereits damit begonnen, ihre Häuser mit funkelnden Lichtern und duftenden Tannenzweigen zu schmücken. Die Vorfreude auf das Fest war nun überall spürbar, doch Max fühlte sich von all der fröhlichen Aufregung ausgeschlossen. Seine trüben Augen verfolgten sehnsüchtig das fröhliche Treiben in den Straßen. Die lebhaften Geräusche der spielenden Kinder und das fröhliche Treiben der Nachbarschaft erinnerten ihn aber nur allzu schmerzhaft an das Glück, das er einst besessen hatte. Doch nun waren seine Tage von Stille und Leere erfüllt. Inzwischen war er ein einsamer alter Mann geworden, der sich in seiner eigenen Trauer verloren hatte. Selbst die einst engsten Freunde waren schnell zu Fremden geworden, die er nicht mehr sehen wollte, nicht mehr sehen konnte, weil sie ihn so sehr an den Verlust seiner geliebten Frau erinnerten. Alles hier erinnerte ihn an das, was er verloren hatte. Vielleicht hätte er mit den Kindern gehen sollen. Aber hier waren doch seine Wurzeln, hier war sein Zuhause. Die Schatten der Vergangenheit hatten sich wie ein alter, schwerer Mantel um sein Herz gelegt und schienen ihn nicht mehr loszulassen. Die Menschen in dem kleinen Ort kannten zwar seine Geschichte, aber niemand wagte es, in seine Abgeschiedenheit einzudringen.

Eines eiskalten Abends, als Max traurig am Fenster saß und den Schneeflocken zusah, hörte er ein leises Klopfen an seiner Tür. Als er sie öffnete, staunte er nicht schlecht. Vor ihm stand ein kleiner, weißer Hase mit einem roten Schal um den Hals, der ihn mit großen Kulleraugen ansah.

»Hallo, kleiner Freund«, sagte Max überrascht.

»Wo kommst du her?«

Der Hase lächelte und antwortete in einer sanften Stimme:

»Mein Name ist Felix, und ich bin ein Weihnachtshase. Ich habe gehört, dass du einsam bist und habe beschlossen, dich zu besuchen.«

Max konnte seinen Ohren kaum trauen. Ein sprechender Hase? Das musste ein Traum sein! Doch Felix' freundliches Lächeln und seine warmherzigen Augen ließen keinen Zweifel daran, dass hier etwas Magisches vor sich ging.

»Oh, komm herein, komm herein«, lud Max den ungewöhnlichen Besucher ein.

»Es ist so lange her, dass ich mit jemandem gesprochen habe. Es ist eine Ehre, dich bei mir zu haben.«

Felix hüpfte fröhlich in die gemütliche Stube und machte es sich auf einem flauschigen Teppich bequem. Von diesem Moment an wurden Max und Felix unzertrennliche Freunde. Sie verbrachten die Tage damit, den Weihnachtsbaum zu schmücken, köstliche Plätzchen zu backen und sich gegenseitig Geschichten zu erzählen.

Mit Felix an seiner Seite fühlte sich Max lebendiger denn je. Der kleine Hase brachte Licht in sein Herz und ließ ihn vergessen, wie lange er schon allein gewesen war. Die beiden unternahmen täglich stundenlange Ausflüge in die funkelnde Schneelandschaft, und Felix zeigte Max versteckte Orte, die er in all den Jahren übersehen oder einfach inzwischen nur vergessen hatte.

Eines Abends, als Max und Felix gemeinsam Sterne am Himmel betrachteten, hörten sie ein leises Wimmern aus der Ferne. Max und Felix eilten natürlich sofort zu Hilfe. Sie folgten dem Klang und entdeckten eine verängstigte kleine Eule, die sich in einem Ast verheddert hatte und nicht mehr allein herauskam. Vorsichtig drückten sie die Zweige auseinander und befreiten die Eule aus ihrer misslichen Lage.

»Danke, dass ihr mich gerettet habt«, sagte die kleine Eule mit einem Hauch von Erleichterung in ihrer Stimme.

»Mein Name ist Emma und ich war gerade auf dem Weg zu einem ganz besonderen Weihnachtsfest, aber auf dem Weg dahin habe ich mich in den glitzernden Lichtern einer Sternschnuppe verloren und den Weg nicht mehr gesehen. Ehe ich mich versah, steckte ich in dieser Astgabel fest.«

Erschöpft kuschelte Emma sich in Max' Arme. Dieser zögerte keinen Moment und schlug Emma vor, sie zu begleiten.

»Keine Sorge, Emma«, sagte er liebevoll.

»Wir werden dich sicher zu deinem Weihnachtsfest bringen. Und vielleicht können wir auch herausfinden, was es mit dieser besonderen Sternschnuppe auf sich hat.«

Gemeinsam zogen sie los, begleitet von funkelnden Schneeflocken und der magischen Stimmung der Vorweihnachtszeit. Emma führte sie durch verwunschene Pfade und verschneite Wälder, bis sie schließlich an einen versteckten Ort im Herzen des Waldes gelangten. Dort erwartete sie eine glitzernde Lichtung, auf der sich all die Tiere des Waldes versammelt hatten, um Weihnachten zu feiern. Der Anblick war atemberaubend. Überall leuchteten Kerzen und funkelnde Sterne, und ein strahlender Weihnachtsbaum bildete das Zentrum des Geschehens. Ganz oben auf dem Weihnachtsbaum funkelte eine wundervolle Sternschnuppe. Emma hatte sie natürlich sofort wiedererkannt und drückte mit einem warmen Lächeln und einem leichten Nicken ihre Dankbarkeit gegenüber dem leuchtenden Sternchen auf der Spitze des Weihnachtsbaumes aus.

»Danke, dass du mir meinen Weihnachtswunsch erfüllt hast und mir diese Freunde geschickt hast«, flüsterte sie leise und schaute voller Demut zu Max und Felix hinüber.

Die Freunde waren von der Schönheit der Szenerie überwältigt und standen mit offenen Mündern und strahlenden Augen mitten auf dem Platz. Die Tiere begrüßten sie herzlich und luden sie ein, an der festlichen Feier teilzunehmen. Es wurde für alle eine unvergessliche Nacht voller Gesang, Tanz und lachenden Gesichtern. Der alte Mann fühlte sich wie in einem Wintermärchen, das sich plötzlich erfüllt hatte. Traurigkeit und Einsamkeit waren wie weggeblasen, stattdessen erfüllte ihn eine tiefe Dankbarkeit für die wunderbaren Freunde, die er gefunden hatte. Der Stern am Weihnachtsbaum funkelte weiterhin in der Dunkelheit und schickte allen seinen Segen. Es war ein so zauberhafter Moment der Verbundenheit mit der Natur und die Erinnerung daran, dass es immer etwas gibt, auf das man hoffen und sich verlassen kann, auch in den einsamsten Zeiten. Man muss nur bereit sein, sein Herz zu öffnen.

Als die Sterne hoch am Himmelszelt standen und die Zeit gekommen war, Abschied zu nehmen, kehrten Max, Felix und Emma glücklich und erfüllt von der Weihnachtsmagie zurück in das kleine Haus am Ende der Lichtung. Sie gingen zurück in ein Haus, was nun wieder erfüllt war, mit Lachen, Leben und ganz viel Liebe. Von diesem Tag an feierten sie jedes Jahr gemeinsam das Fest der Liebe und Freundschaft, das Wunder von Weihnachten.

Die Geschichte von Max, Felix und Emma verbreitete sich wie ein Lauffeuer im Dorf. Die Bewohner spürten die Magie, die diese außergewöhnliche Freundschaft umgab, und begannen, die wahre Bedeutung von Weihnachten zu erkennen, das Geschenk der Liebe, das in der Gemeinschaft und vor allem im Miteinander liegt. So lange war jeder nur mit sich beschäftigt gewesen und hatte den alten einsamen Mann in seinem kleinen Häuschen am Ende der Lichtung ganz vergessen.

Und so wurde das kleine, verschneite Dorf Eldoria zu einem Ort, an dem nicht nur die Weihnachtslichter etwas heller leuchteten, sondern auch die Herzen der Menschen, die gemeinsam das Wunder von Weihnachten feierten. Eine Zeit des Zusammenseins, der Magie und der Freude, die in den Herzen der Bewohner für immer weiterleben würde.

Wo ich nie war

Wie an jedem Abend saß ich auch am zweiten Weihnachtsfeiertag an meinem Schreibtisch, hatte meine Stifte bereitgelegt und starrte seit geraumer Zeit wie hypnotisiert auf das vor mir liegende Blatt Papier, das ich mit klugen Worten und Sätzen zu füllen versuchte. Alles, was mich daran hinderte, war die anhaltende Ebbe in meinem Oberstübchen. Seit Wochen blieben mir die Ideen aus, wollte mir einfach nichts einfallen, was sich in Form einer spannenden Geschichte niederzuschreiben lohnte. Dazu muss man wissen, dass ich als Schriftsteller der Neigung verfallen bin, meine Bücher in möglichst großer Stückzahl zu verkaufen, um davon meinen nach wie vor recht bescheidenen Lebensunterhalt zu bestreiten. Wenn ich auch weiterhin satt werden und meine Stube heizen wollte, müsste ich langsam in die Strümpfe kommen, denn der Verlag drängelte schon nach einem neuen Roman, der mir gerade so viel Kopfzerbrechen bereitete und für den ich noch nicht ein einziges Wort geschrieben hatte. Die einzige Lichtquelle im Zimmer war meine Tischlampe, deren honigfarbener Schein sanft auf das leere Papier fiel und ein heimeliges Flair im Zimmer verbreitete. Hinter mir flackerte der Kamin, spendete wohlige Wärme und das Knacken der brennenden Holzscheite unterstrich die ruhige, weihnachtliche Atmosphäre, sodass meine Fantasie eigentlich beflügelt werden sollte. Doch nichts geschah. Besser gesagt, noch nichts, denn das sollte sich im Laufe des Abends ändern. Zunächst aber hatte ich keine Ahnung von dem, was ich noch Spannendes erleben sollte. Ich lehnte mich zurück, drehte den Füllfederhalter entspannt zwischen meinen Fingern und ließ meine Gedanken treiben. Aktuell unterhielten sie mich mit meinen durchaus sehr eigenen Überlegungen zum Weihnachtsfest, die sich jedes Jahr um diese Zeit einem Virus gleich immer wieder in mir ausbreiteten, an der immer gleichen Stelle piesackten und mich wochenlang nicht in Ruhe ließen. Frei nach dem Motto *fröhlicher die Kassen nie klingeln,* gab es bereits im Oktober Dominosteine, Zimtsterne und anderes Festgebäck in den Großmärkten. Offensichtlich beabsichtigten die kommerziellen Stimmungsmacher, im Unterbewusstsein vieler Kunden die erste, noch zaghafte Zündstufe eines seit dem letzten Krippenfest in ihnen schlummernden Konsummechanismus aufs Neue zu aktivieren. Der nächste sollte dann etwa vier Wochen später folgen, wenn Schokoladenweihnachtsmänner, die in ihrem ersten Leben ein gutes halbes Jahr zuvor als Osterhasen das Licht der Welt erblickt und überlebt hatten, in den Regalen zu finden waren. Es erstaunte mich geradezu, dass Weihnachten für so viele Menschen urplötzlich und alle Jahre wieder völlig unerwartet im Kalender aufzutauchen schien, wie ich Tage zuvor in der Stadt erleben durfte. Von einem Impuls infiziert trieb es die Massen in einen vorweihnachtlichen Rausch, der sie in die überfüllten Kommerzhotspots der Innenstädte trieb, wo sie Herdentieren gleich den verführerischen Irrlichtern des Konsums folgten.

Insgesamt schien mir das Fest seit Langem seiner eigentlichen Bedeutung, nämlich der Besinnung und inneren Einkehr, beraubt und vornehmlich auf Kommerz, Paketwahn aber auch Entertainment ausgerichtet zu sein.

Mit Verlaub. Keinesfalls habe ich etwas von einem gewissen *Eberneza Scrooge,* dem missmutigen Titan und mürrischen Geizhals, den der übergroße Erzähler *Charles Dickens* in seiner *Weihnachtsgeschichte* erschuf. Mich stören nur diese und andere Verhalten, wie ich sie zuvor beschrieben habe. Immer wieder frage ich mich, ob die erwähnten christlichen Werte heute als nur veraltet gelten und aus diesem Grund zusehends in den Hintergrund gedrängt werden. So recht glauben mag ich es nicht, denn gerade in der aufgewühlten Gegenwart auf unserem Globus erscheinen sie mir besonders wichtig. Ich mag es wirklich sehr, wenn gerade im Dezember Schnee fällt, die Natur tief schläft, um Kraft für einen neuen Frühling zu sammeln und die Welt in eine weiße Decke gehüllt wird. Spaziergänge in den abendlichen Stunden gefallen mir besonders gut, denn unsere hektische, aufgewühlte Welt wirkt dann immer auf mich, als wollte sie endlich einmal zur Ruhe kommen, wenn auch nur für kurze Zeit. Am Liebsten verkrieche ich mich aber während der besinnlichen Tage bis hin zum Jahreswechsel ganz allein in meiner gemütlichen Ideenschmiede, um mich in Sachen Weltliteratur zu versuchen. Im Augenblick allerdings mit nur wenig bis überhaupt keinem Erfolg, wie der geneigte Leser und die geneigte Leserin bereits erfahren hat.

Um Mitternacht, als die große Standuhr neben dem Fenster mit tiefem, aber wohlklingendem Geläut den Beginn des neuen Tages verkündete, hatte sich auf meinem Schreibblock noch immer nichts getan. Die Hoffnung, dass mein vermeintlicher Genius zu so später

Stunde mir und der Welt noch einen literarischen Hochgenuss offenbaren würde, hatte ich inzwischen aufgegeben. Vielmehr überlegte ich einen Moment, ob ich entgegen meiner sonstigen Gewohnheit schon viel zu früh schlafen gehen sollte, entschloss mich jedoch noch zu einen nächtlichen Spaziergang. Minuten später trat ich also eingemummelt mit Schal, Mantel und Mütze vor die Tür. Es war kalt. Sehr kalt. Schon seit Tagen zeigte sich keine Wolke am Himmel, sodass die letzte Wärme des Tages am Abend in der Höhe der Atmosphäre verschwand. Als ich schweigend durch den unter meinen Füssen knirschenden Schnee stapfte, erinnerte ich mich an die Erzählungen meiner Großeltern, die in ihren jungen Jahren in Ostpreußen offensichtlich nur solche strengen Winterzeiten erlebt hatten und auf ihrer Flucht vor der russischen Armee wochenlang ohne warme Unterkunft den gnadenlosen Unbilden der Natur ausgesetzt waren, ohne zu wissen, wohin sie ihr Schicksal führen würde.

Mir war es nie gelungen, die Bilder zu vergessen, die ihre Geschichten in mir hervorriefen. Ihre Erlebnisse haben mich Bescheidenheit gelehrt, denn beide brauchten zu den jährlichen Festen und besonders am Heiligen Abend keine Geschenke. In ihrer eigenen, das Herz erwärmenden

Genügsamkeit und inneren Stille wirkten beide fast verlegen. Sie freuten sich insbesondere zum Krippenfest, dass das Wohnzimmer geheizt war und etwas Leckeres auf dem liebevoll gedeckten Tisch stand, dass es der Familie gut ging und alle gesund waren. Mehr war für sie nicht erforderlich, dann waren beide zufrieden. Im Geben waren sie jedoch ganz anders, denn in jedem Jahr lagen mit viel Liebe und Geschmack ausgesuchte Überraschungen für ihre Kinder und Enkel auf dem Gabentisch. Es waren stets kleine und praktische Aufmerksamkeiten, nie etwas Überflüssiges oder zu Teures.

Die zwei hatten sich bereits als Jugendliche getroffen, ihr gesamtes Leben miteinander verbracht und verließen uns fast gleichzeitig auf die andere Seite des Himmels. Für mich waren sie wirkliche Menschen unter Menschen, dankbar in ganz kleinen Dingen und großzügig gegenüber anderen. Nie wieder im Leben aß ich einen besseren Apfelkuchen, als den meiner Großmutter. Nichts vermochte mich mehr zu beruhigen, als meines Opas tiefe Stimme und seine weisen Worte.

Mein Weg führte mich bald hinunter zum Fluss, an dem ich mir die vorbeifahrenden Schiffe und das Lichtermeer der Industrieanlagen auf der anderen Uferseite ansehen wollte.

Dort angekommen, blieb ich eine ganze Weile stehen, genoss die Stille, das leise Tuckern der Dieselmotoren vorbeigleitender Lastenkähne und setzte dann - langsam vor mich dahinschlendernd - meinen Weg stromabwärts Richtung Hafen fort, der allerdings noch gut zwei Kilometer flussabwärts lag. Ich hatte nur wenige Meter des Weges zurückgelegt, als ich in einiger Entfernung den Schein eines flackernden Lagerfeuers wahrnahm. Ohne es bewusst überlegt zu haben, steuerte ich geradewegs darauf zu und traf unter einer Brücke auf eine Gruppe, die sich um einen warmen Feuerschein versammelt hatte. Abrupt beendeten die Leute ihre angeregte Unterhaltung, als ich aus der Dunkelheit auftauchte und urplötzlich neben ihnen stand. Alle drehten sich zu mir, um mich mit neugierigen Blicken zu mustern. Einen langen Moment sprach niemand ein Wort und ich spürte die Blicke wie mich treffende Pfeile. Dann aber war es die heisere Stimme einer älteren Frau, die das allgemeine Schweigen unterbracht und freundlich darum bat, mich zu ihnen zusetzen. Dieses nette Entgegenkommen besiegte meine anfängliche Zurückhaltung und schon saß ich bei ihnen. Die Frage, warum sie sich zu nächtlicher Stunde bei dieser Kälte an einem Feuer unter einer Brücke trafen, beantworte sich von selbst. Soweit ich es im schummerigen Licht des Feuers erkennen konnte, wirkten fast alle Anwesenden etwas ungepflegt, trugen unmoderne oder zerschlissene Kleidung und hatten große Taschen um sich herum abgestellt. Ihre Obdachlosigkeit war offenkundig und doch schien sich niemand ihrer zu schämen.

Warum auch, dachte ich bei mir und schaute in diese illustere Runde, in der man entspannt plauderte und lachte.

Auf Gaskochern wurde Tee oder Kaffee gekocht und auch mich fragten sie, ob ich ein warmes Getränk haben wollte. Die zuvor unterbrochenen Gespräche nahmen langsam wieder Fahrt auf. Als wäre es das Selbstverständlichste auf der Welt, wurde ich mit einbezogen, beantworte freimütig ihre Fragen und hatte aufgrund der mir entgegengebrachten Freundlichkeit überhaupt keine Scheu, auch meine Neugier zufriedenzustellen. Das Feuer wärmte angenehm und bot allen ein schützendes Kleinod in dieser eiskalten Winternacht. Insgesamt war ich hin- und hergerissen, beeindruckt und doch erschüttert, was ich in diesen ach so besinnlichen Tagen gerade erlebte. Ich konnte es einfach nicht begreifen, warum in diesem Land einerseits Steuern in Milliardenhöhe verschwendet werden, anderseits aber große Armut zugelassen wurde, um dann in den Reihen der Politikprotagonisten auch noch und immer wieder von sozialer Gerechtigkeit zu sprechen. Ich empfand derartige gesellschaftliche Widersprüche noch niemals so perfide, wie in diesem Moment. Die Menschen unter der Brücke erzählten, dass sie nicht krankenversichert waren und jeden Tag aus Neue zusehen mussten, wie sie ihr Dasein meistern konnten. Aus ihrer geteilten Not heraus hielten diese vergessenen Helden zusammen, verließen sich aufeinander, waren wirkliche Freunde. Interessiert fragte ich den Mann neben mir, wie er in die Obdachlosigkeit geraten war.

»Nun, die See des Lebens war zu stürmisch. Irgendwie hatte ich die Segel falsch gesetzt. Mein Leben läuft halt, wie es läuft«, war seine Antwort, in der ich keinerlei Verzagen, Resignation oder Zweifel erkennen konnte. Jetzt erhob die Frau von vorhin das Wort und sprach für alle:

»Weißt Du. Wir haben nur ganz wenig und können uns kaum etwas leisten, aber wir sind füreinander da, und das ist es, worauf es ankommt. Mögen anderer Weihnachten feiern, wie sie wollen, denn nichts anderes tun wir auch. Wir treffen uns jeden Abend hier am Feuer und begehen die Weihnachtszeit so ganz anders, als in Deiner Welt des Habens, in der man sich vielleicht Stress macht, wenn das neue Auto am Sonntag auf dem Weg zum Bäcker vom Regen nass geworden ist!«

Ich musste schmunzeln, als ich diesen durchaus zynischen, jedoch zutreffenden Vergleich hörte, allerdings gab es auch ganz andere Gesprächsthemen. Ich erfuhr von den unterschiedlichsten Schicksalen, tiefen Fallgruben und Stolpersteinen, die einige dieser Menschen aus der Bahn und ihr Leben in eine völlig andere Umlaufbahn katapultiert hatten. Teilweise gab es dabei nur einen unscheinbaren Auslöser, der dann seine eigene Dynamik und in der Folge eine Kettenreaktion von Ereignissen auslöste, die zu allem Übel das Leben auf der Straße im Gepäck hatten.

Wie schnell so etwas passieren kann, ging es mir durch den Kopf, als ich dem Erzählen aufmerksam lauschte.

So ging die frühe Nacht dahin. Irgendwann machte ich mich auf den Heimweg. Zuvor hatte ich das unbedingte Bedürfnis, zu helfen, spendierte mein weniges Bargeld, das ich bei mir hatte, an die Gemeinschaft, reichte dem Einen meinen Schal und einem anderen die Handschuhe. Es war nicht viel, aber ich gab es in diesem Augenblick von Herzen und erntete das aufrechte und ehrliche Gefühl, dass die Geste verstanden wurde. Anschließend verabschiedete mich und verschwand in der Nacht.

Aufgewühlt von den spannenden Geschichten, die ich in der vergangenen Stunden erfahren hatte, ging ich abermals am Fluss entlang.

Diese Menschen wissen besser als die meisten, wie das Leben wirklich spielt und mühen sich nach Kräften, ihren Weg darin zu finden. Abseits von Haben und Gewinnen sind sie für mich in dieser Welt des Verzichtens und Verlierens die wirklichen Philosophen, resümierte ich nach langem Überlegen die Stunden und meine bewegenden Erlebnisse.

Der Wind hatte inzwischen dicke Wolken herangeweht, die die Sterne am frostklaren Nachthimmel verdeckten und aus denen bald erste Schneeflocken fielen. Es dauerte lediglich Minuten, bis es heftig zu schneien begann, so intensiv, wie ich es schon lang nicht mehr erlebt hatte. Ich erwähnte bereits, dass ich es sehr mag, wenn der Winter ein richtiger Winter ist und so genoss ich meine stille Wanderung in vollen Zügen. Die vergangen Stunden beschäftigten mich noch immer. Es war mehr als beeindruckend, welche Freundlichkeit und zwischenmenschliche Wärme ich heute Abend erfahren durfte. Ich fühlte mich in diesem Moment von innen heraus durchweg zufrieden, als ich weiter am einsamen Flussufer entlang stapfte. Meine Gedanken kreisten unaufhörlich um die Erlebnisse unter der Brücke, dem Lagerfeuer und diesen freundlichen Menschen. Durch sie wurde ich innerlich wachgerüttelt und hatte erkannt, worauf es für mich im Leben wirklich ankam und wie ich nicht nur die künftigen Weihnachtszeiten betrachten sollte. Davon zutiefst berührt, hatte mich dieser Spaziergang nicht nur durch die frostige Winterwelt geführt, sondern auch zu einem verborgenen Ort ganz tief in meinem Herzen. Dorthin, wo ich nie war.

Es ist was es ist

Lisa stand im Kreis ihrer Freundinnen auf dem Schulhof. Die Mädchen waren eingehüllt in dicke Jacken, trugen farbenfrohe warme Schals und hatten die Hände tief in ihren Taschen vergraben. Sie quasselten aufgeregt und intensiv gestikulierend durcheinander, denn es war der letzte Schultag und die letzte Pause vor den ersehnten Weihnachtsferien. Noch eine Stunde Unterricht und dann würden sie sich zwei endlos lange Wochen nicht mehr sehen. Da musste natürlich in den letzten Minuten alles Mögliche besprochen werden. Wer für wen welche Geschenke besorgt hatte, wer wo genau die Ferien verbringen würde und - besonders wichtig -, welche Silvesterparty wohl die Coolste werden würde, aber auch, welche Jungs dort vielleicht herumliefen. Dieses Thema war in den letzten Monaten für die jungen Damen immer wichtiger geworden. Bevor es nach dem Jahreswechsel mit den ganz sicher anstrengenden Vorbereitungen der Abi-Klausuren losgehen würde, wollte die Horde noch einmal ausgiebig und unbeschwert feiern. In ihren Plänen tauchte natürlich keiner der Jungs aus der eigenen Klasse auf. Das war in diesem Kreis ein ungeschriebenes Gesetz. Niemand zog es auch nur im Entferntesten in Erwägung, sich mit einem dieser nichtssagenden Langweiler zu treffen oder näher einzulassen.

»Also, ich fahre nach Köln. Mein Bruder macht dort mit seinen Leuten in einem angesagten Club richtig was los«, erzählte Anne.

»Oh, das ist ja super. Die Jungs dort sind doch sicher schon Mitte zwanzig«, meinte Julia.

»Stimmt und einer von denen ist echt Hot. Groß, lange Haare, einen Dreitagebart. Der wird Fluglotse.«

»Hast Du den schon mal gesehen?«, wollte Lisa mit etwas neidischem Blick wissen.

»Klar. Im Sommer auf der Geburtstagsfeier meines Bruders. Ich sage Euch, der sieht richtig toll aus.«

»Aber wenn der vielleicht schon eine andere hat?« erwähnte Josefine.

»Glaube ich nicht. Er ist der beste Freund meines Bruders und hat bereits ein paar Mal nach mir gefragt«, gab Anne großspurig zurück und sog die ungeteilte Aufmerksamkeit ihrer Freundinnen in sich auf.

Die Jungs aus der Klasse standen etwas abseits und sahen das mit den Mädels aus der eigenen Klasse so ganz anders. Auch sie tuschelten unaufhörlich, warfen aber immer wieder und betont auffällig neugierige Blicke zu den Mitschülerinnen.

»Mein Gott, glotzt doch bloß mal woanders hin«, fauchte Julia in giftigem Ton.

»Der steht auf Dich«, flüsterte Lisa ihr mit vorgehaltener Hand zu.

»Alles, aber nur das nicht. Verschone mich bloß mit diesen Schnarchhaken«.

Den Jungs war es egal, was ihnen zugerufen wurde, denn sie hatten die Aufmerksamkeit ihrer Favoritinnen und damit ihr Ziel erreicht. Dass sie denen richtig auf die Nerven gingen, störte sie nicht im Geringsten.

»Stell Dir vor, der doofe Meier würde bei Dir klingeln, um mit Dir ins Kino zu gehen«, stellte Josefine hypothetisch in den Raum.

»Autsch. Das geht gar nicht«, kommentierte Lisa.

»Und was, wenn Du uns mit dem Typen an der Hand begegnest?«, malte Julia das unannehmbare Szenario weiter.

»Leute, jetzt ist es aber gut mit diesem Thema. Der ist wohl der Allerletzte, mit dem ich losziehen würde!«

Meier, das war der dicke Felix, den alle missachtend und überaus gering schätzend ansahen. Er wurde im Kreis der Jungs lediglich geduldet und zumeist nur gehänselt, wenn sie wieder nichts Besseres zu tun hatten oder einen Blitzableiter für ihren Unmut brauchten. Niemand machte sich Gedanken, ob man diesem Jungen nicht zu nahe trat und vielleicht echten Schaden in seiner Seele anrichtete, wenn man ihm ständig mit kollektiver Bloßstellung begegnete.

Felix war ein stiller Typ. Nachdenklich, aufmerksam und bescheiden. In seiner Wirkung jemand, der beim weiblichen Geschlecht eher nicht gewinnen konnte, wenn lediglich das Äußere eine Rolle spielen würde. Rundlich in seiner Figur und seine Kleidung passte so gar nicht in das allgegenwärtige, oberflächliche Modegerangel seiner Altersgenossen. Sein verwaschenes Sweatshirt, die ausgeleierte No-Name-Jeans, die abgewetzten Schuhe.

»Ein wirklicher Looser«, wie die hübsche Anne in ihrer wenig sensiblen Wesensart feststellte.

Vor allem Lisa unterstrich die Worte ihrer Freundin.

»Man sollte ihm mal sagen, dass es auch Friseure gibt«, erklärte sie in einem verbalen Nachklapp.

Insgeheim aber ärgerte sie sich über sich selbst, dass sie sich durch das allgemeine Gemecker ihrer Freundinnen zu einer solchen Aussage hatte hinreißen lassen.

Felix war ihr Nachbar, und schon seit der Kindheit hat sie ihm so gut wie keine Aufmerksamkeit gewidmet. Er war einfach zu anders, sonderte sich überall ab und lebte in seiner ganz eigenen Welt, zu der niemand Zugang hatte. Bis zu diesem Zeitpunkt kam sie im Entferntesten nicht auf die Idee, dass er sich lediglich vor den unsäglichen Hänseleien zu schützen versuchte und aus diesem Grund die Einsamkeit suchte.

Allerdings muss er aufgrund seiner Andersartigkeit nicht auch noch gedemütigt werden, denn er hat noch niemals jemandem etwas getan, ging es Lisa durch den Kopf.

Sie wusste, dass ihr ihre unbedachten Worte noch einige Zeit ordentlich zu schaffen machen würden. Es stimmte sie auch nicht zuversichtlicher, dass ihr Beitrag im Getuschel der anderen Mädchen untergegangen war und auch Felix nichts davon mitbekommen hatte.

Dann klingelte zum Ende des Unterrichts die Pausenglocke und Sekunden später spie die Flügeltür des Haupteingangs eine wilde Horde Jungen und Mädchen aus, die mit ihren

Büchertaschen beladen über den Schulhof und den ersehnten Ferien entgegen stürmten. Es dauerte nur wenige Minuten, bis das Schulgebäude verwaist und verlassen da stand. Bald sah man den Hausmeister gemächlich über den Hof gehen. Er wollte gerade das schmiedeeiserne Tor abschließen, als Lisa hinter ihm auftauchte.

»Wolltest Du die Ferien hier verbringen?«, fragte er mit ruhigem Ton und freundlichem Gesicht.

»Nein. Natürlich nicht. Ich wollte Ihnen lediglich einen Gruß vom Weihnachtsmann bringen«, antwortete sie und gab ihm ein Päckchen mit buntem Papier und roter Schleife.

»Oh, das ist aber lieb. Womit habe ich das verdient?«

»Weil sie das ganze Jahr über für uns da sind, uns nicht verraten, wenn wir mal wieder was kaputtgemacht haben und den Schaden auch noch für uns reparieren. Wir nehmen das immer alle so hin und heute scheint mir der richtige Moment, ganz einfach mal Danke zu sagen.«

»Dann sage ich ganz herzlich Dankeschön. Das ist sehr lieb und aufmerksam von Dir.«

Die zwei lächelten einander zu und dann trennten sich ihre Wege.

Lisa liebte die verschneite Welt des tiefen Winters und stapfte munter durch den knöcheltiefen Schnee, den Frau Holle seit den frühen Morgenstunden über das Land schüttelte. Alles war so still und die Geräusche der Stadt versanken dumpf im winterlichen Weiß. Sie fragte sich, warum unsere Erde nicht immer so friedlich sein konnte und schlenderte über dieses beruhigende Bild nachdenkend entspannt durch den Zauberwald ihrer Fantasie. Ihr Schulweg war nicht sehr weit und so erreichte sie nach zwanzig Minuten das Elternhaus. Im Vorgarten sah sie ihren Vater und musste lachen, als sie erkannte, was er dort zu schaffen hatte.

»Papa, willst Du denn nie erwachsen werden?«

»Komisch, das sagt Deine Mutter auch ständig.«

»Grund genug, einmal darauf zu hören.«

»Das geht nicht.«

»Warum denn?«

»Weil ich noch nie darauf gehört habe, was Deine Mutter mir sagt. Aber erzähl ihr nichts davon, sonst werden meine sicherlich großzügig ausfallenden Weihnachtsgeschenke noch reduziert. Und das willst Du doch nicht wirklich, oder?«

Lisa lachte und gestand sich ein, dass sie ihren Vater so liebte, wie er war. Lieb, frech, immer irgendwelche verrückten

Ideen im Kopf und an allem interessiert. Eine verlässliche Größe für alle, die den Weg zu ihm suchen und im nächsten Moment wieder auf den Pfaden seiner Kindheit unterwegs, um irgendwelchen Unsinn anzustellen. Jetzt war er gerade dabei, ein Iglu fertig zubauen, indem er nach dem Fest eine Nacht verbringen wollte.

»Wir bekommen an Heiligabend Besuch«, sagte Lisas Mutter, als sie die Küche betrat.

»Wer kommt denn? Vielleicht Deine Schwester? Wird auch Zeit. Sie war schon lange nicht mehr da.«

»Nein. Es ist unser Nachbar Felix. Seine Mutter liegt im Krankenhaus und der Junge ist ganz allein.«

Lisa schaute ihre Mutter entgeistert an.

»Ist das tatsächlich Dein Ernst?«

Insgeheim fragte sie sich sofort, wie sie nach den Ferien vor ihren Freundinnen erklären sollte, dass sie ausgerechnet mit Felix Weihnachten gefeiert hatte. Sie würde tagelang das Ziel giftiger Wortspitzen werden und redete sich ein, dass bissige Fragen, ob sie was mit ihm hätte und ähnliches über sich ergehen lassen müsste.

Kann der nicht woanders hingehen? Ich meine, wir sind ja nicht die einzigen Nachbarn und ganz sicher hat er auch Onkel und Tante.

»Was ist nur los mit Dir? Der Junge kommt doch nur zum Abendessen, bleibt noch ein Stündchen und das war es dann auch schon. Ich kann überhaupt nicht verstehen, was Du daraus für ein Problem machst.«

Im Grunde hat sie ja recht, aber Mama muss im neuen Jahr auch nicht wieder zur Schule und sich dort von den äußerst sensiblen Mitschülerinnen ins Visier nehmen lassen, dachte Lisa, als sie später in ihrem Zimmer die letzten Geschenke verpackte.

Zwei Tage später war es dann so weit. Am Morgen des Heiligen Abends war Lisa trotz des Gastes bereits voller Spannung und Vorfreude. Sie mochte Weihnachten.

An diesen Tagen ist die Welt immer sehr viel friedlicher und die Menschen deutlich entspannter. Vielleicht, weil sie sich mit den Weihnachtsvorbereitungen, dem Geschenke verpacken und anderen schönen Dingen beschäftigten, überlegte sie.

Um siebzehn Uhr klingelte es an der Haustür. Lisa sprang auf, lief durch den Flur, öffnete die Tür und dann stand Felix vor ihr. Sie setzte ein einigermaßen freundliches Gesicht auf, bat ihn herein und dachte aber etwas vollkommen anderes.

Meine Güte, hätte er nicht wenigstens heute andere Klamotten anziehen können. Na ja, wenigstens hat er sich die Haare gekämmt.

In der Schule sagte Felix so gut wie nie etwas. Außer im Unterricht. Da war er recht redselig, denn wenn die Mitschüler keine Ahnung von dem hatten, was die Pauker gerade redeten und wissen wollten, war er immer auf der Gewinnerseite. Dieser Typ wusste wirklich eine Menge und festigte vermutlich aus diesem Grund seine Duldung im Kreis der anderen.

Bald saß er zusammen mit Lisas Vater am Tisch und unterhielt sich angeregt. So kannte sie Felix überhaupt nicht. Mit ruhiger Stimme und auffällig selbstsicherer Haltung erklärte er ihrem Vater dieses und jenes. Es ging wohl um irgendwelches technische Zeug, das Lisa nicht richtig verstand. Also setzte sie sich etwas abseits an den Kamin und lauschte unauffällig dem Männergespräch. So vergingen etwa fünfzehn Minuten, als das Mädchen erschrak und erstaunt feststellte, dass sie ihrem so angeblich langweiligen Mitschüler konzentriert und sehr aufmerksam zugehört hatte. Wenigstens vor sich selbst gestand sie sich ein, dass sie in diesem Moment einigermaßen fasziniert war.

Also, das will ich ihm lassen. Was er da erzählt hat, war schon interessant. Nicht zuletzt, weil er das so toll erklärt hat, überlegte sie.

Damit aber niemand ihre Gedanken erkennen konnte, stand sie leise auf und ging in ihr Zimmer, um einen Moment ungestört sein zu können.

Später dann saß die Familie am weihnachtlich gedeckten Tisch beim gemeinsamen Abendessen.

»Die Tafel ist aber mit sehr viel Geschick und sehr geschmackvoll gedeckt«, sagte Felix und Lisa erahnte, dass das nicht nur eine dahingesagte Höflichkeitsfloskel war.

Sie fühlte sich sehr geschmeichelt, zumal ihre Mutter erklärte, dass das ihre Tochter gemacht hat.

Er hat wenigstens Anstand und Feinsinn für die schönen Dinge, dachte das Mädchen.

Obwohl, es kommt mir nun überhaupt nicht darauf an, ausgerechnet vor Felix gut dazustehen, log sie sich selbst in die eigene Tasche.

Es hatte ihr aber doch sehr gefallen, was und wie er sein Kompliment ausgesprochen hatte.

»Was willst Du später einmal werden?«, wollte Lisas Mutter wissen und spielte auf die baldigen Abiturprüfungen an.

»Ich werde Medizin studieren. Da gibt es für mich keine Alternative.«

Niemand in der Schule hegte irgendwelche Zweifel, dass Felix ein tolles Abi hinlegen würde, dachte Lisa und hörte aufmerksam zu.

»Und, dann machst Du eine Praxis auf?«, fragte der Vater nach.

»Nein. Das könnte später vielleicht so sein. Ich werde mich den *Ärzten ohne Grenzen* anschließen, um dort zu helfen, wo sich die Menschen keine medizinische Versorgung leisten können.«

Jetzt holte der Junge richtig aus und schilderte, was er alles plante und vor hatte. In seiner nonchalanten Art erzählte er, als wäre es das Natürlichste auf der Welt, dass er selbst seit einigen Jahren krank sei und regelmäßig Medikamente einnehmen musste, die seinen gesamten Wasserhaushalt durcheinander brachten, wodurch er ziemlich stark zugenommen hatte.

»Ich werde aber wieder gesund. Dann brauche ich die Medizin nicht mehr, nehme wieder ab und werde der schlanke Felix von früher. Es war meine eigene Krankheit, die in mir meine Lebenspläne geweckt hat. Ich möchte dafür sorgen, dass auch andere Menschen dieses Gefühl der Genesung erfahren können.«

Lisa hatte beobachtet, dass Felix auffällig wenig gegessen hatte und sich gefragt, ob das lediglich eine Form von Zurückhaltung war oder ob er tatsächlich immer so spärlich aß.

Wenn Letzteres zuträfe, stünde das im krassen Widerspruch zu seiner Figur, dachte sie.

Jetzt aber hatte sie die Erklärung und ganz langsam stieg ein etwas mulmiges Gefühl in ihr auf. Sie hörte wie gebannt zu und überlegte, dass der junge Felix wirklich einen Plan von seinem Leben hatte. Ein Konzept, das ihr sehr gefiel. Indem sie daran dachte, was für dämliches Zeug die anderen Jungs in der Schule dauernd von sich gaben, waren Felix' Worte alles andere, nur nicht dumm. In diesem Moment gestand sie sich ein, dass sie ihn völlig unterschätzt hatte und begann, sich für ihre Vorurteile zu schämen.

Wir alle und ich im Besonderen haben ihm über die vergangenen Jahre mit unseren bissigen Kommentaren und miesem Gespött wegen seines Aussehens unglaubliches Unrecht angetan und trotzdem war er niemals böse, ausfallend oder frech.

Ihn immer wieder den dicken Felix genannt zu haben, erzeugte in ihr den Geschmack bitterster Galle.

Wie kann ich das nur wieder gut machen? Warum habe ich ihn immer so abgetan? Es ist so schlimm, was die Menschen in ihrer unbegründeten Voreingenommenheit anderen anzutun bereit sind, waren ihre an sich selbst gerichteten vorwurfsvollen Gedanken.

Felix merkte offenbar nichts von Lisas inneren Konflikten und erzählte weiterhin von all den Dingen, die ihm durch den Kopf gingen oder nach denen er gefragt wurde. Mit fortschreitender Stunde begann auch sie, sich mit ihm zu unterhalten. Jetzt lebten sie praktisch ihr ganzes junges Leben Tür an Tür und von Anfang an hatte sie ihm auszuweichen versucht. In den Momenten, in denen es nicht anders ging, sprach sie immer nur so lange wie nötig mit dem für sie so uninteressanten Jungen. Wie aus dem Nichts hatte sich das an diesem Abend grundlegend geändert. Als hätten sich ihre Fragen über einen langen Zeitraum aufgestaut, sprudelte es nur so aus ihr heraus.

Lisa erfuhr, dass Felix zu Weihnachten nie etwas verschenkte, sondern von seinem Taschengeld an Bedürftige spendete. Aus diesem Grund hatte er auch nicht viel übrig, um sich trendige Klamotten zu kaufen.

»Dann muss ich auch nicht vorm Kleiderschrank stehen und überlegen, was ich am besten anziehen soll«, sagte er im Scherz und lachte.

Albert Einstein trug auch immer die gleichen Klamotten. Er hatte fünf gleiche Hosen und dieselbe Anzahl identisch aussehender Sakkos. Die Zeit zum Aussuchen passender Kleidung war für ihn sinnlose Verschwendung. Auf einer Veranstaltung wurde er einmal von einem Journalisten gefragt, warum er die Sachen trug, wie eine Woche zuvor. Der Physiker hatte ihm geantwortet, dass das egal wäre, denn alle anwesenden Gäste würden ihn ja ohnehin kennen. Zwei Wochen später begegneten sich die beiden erneut auf einer Ausstellung auf der anderen Seite der Welt. Abermals fragte der Journalist nach den schon wieder gleichen Klamotten und erhielt von Herrn Einstein die Antwort, dass das auch hier vollkommen unwichtig sei, denn hier würde ihn ja niemand kennen.

Lisa lauschte diesen und anderen Anekdoten, die Felix wie die Perlen einer Kette aneinanderreihte. Das Mädchen, tags zuvor genervt von der Ankündigung des weihnachtlichen Besuchs, fühlte sich mehr als unterhalten und konnte jetzt einfach nicht genug von diesen sympathischen Erzählungen bekommen. So zog sich der Abend dahin und gegen Mitternacht war es an der Zeit, endlich schlafen zu gehen. Bald stand Felix auf, bedankte sich für die schönen Stunden und wurde von Lisa zur Tür gebracht. Dort erzählten sie noch einen Moment und verabschiedeten sich.

Lisa, von den Erkenntnissen des vergangenen Abends beeindruckt, legte zum Abschied ihren Arm um Felix' Hals, um ihn freundschaftlich zu drücken. Indem sie sich umarmten, berührten sich für den Bruchteil einer Sekunde nur flüchtig und von beiden völlig unbeabsichtigt ihre Wangen ganz dicht an den Mündern. Sie schauten sich daraufhin einen Moment schweigend an, sagten aber nichts. Bald löste sich Felix sanft und im Kopf reichlich durcheinander aus ihren Armen, ging zur Hofpforte, drehte sich noch einmal, lächelte schüchtern, winkte vorsichtig und ging davon.

Lisa sah ihm schweigend nach, wie er durch den Schnee stapfte, berührte mit einem Finger ihre Lippen, als könnte sie den scheuen Kuss noch ertasten, schloss die Tür und verschwand sogleich wortlos in ihrem Zimmer.

In der Nacht fand sie einfach keine Ruhe. Sie wälzte sich hin und her, musste unaufhörlich über den langen Abend nachdenken und blieb immer wieder an dem flüchtigen Moment vor der Haustür hängen. Sie bemühte sich, diesem Augenblick nicht zu viel Bedeutung beizumessen, ertappte sich aber immer wieder bei dem Eingeständnis, dass es ihr gefallen hatte. Unter ihrer Bettdecke lächelte sie vor sich hin und dachte an Felix, der wie aus dem Nichts ihre ganze Aufmerksamkeit in Anspruch nahm.

Ob er jetzt auch wach liegt und an mich denkt, überlegte sie hoffnungsvoll und war voller Staunen, was so ein kleiner Zufall in uns Menschen auslösen kann.

Erst am frühen Morgen schlummerte sie weg und träumte unruhig.

Es war neun Uhr, als sie völlig übermüdet zum Frühstück erschien. Ihre Eltern taten so, als wäre nichts. Sie verhielten sich vollkommen normal, hatten aber genau mitbekommen, was sich am Abend zuvor ereignet hatte. Lisa beim Frühstück übermüdet zu sehen, bestätigte ihre Beobachtungen. Dann begann das Mädchen zu erzählen, platzierte in fast jedem zweiten Satz den Namen Felix in ihren Sätzen und wiederholte all die Dinge, von denen der Junge am Abend erzählt hatte. Den Moment an der Haustür aber verschwieg sie. Ihr Vater hörte aufmerksam zu und dachte sich seinen Teil. Nachdem Lisa irgendwann bemerkte, dass sie sich mehrfach wiederholt hatte, hörte sie endlich auf zu erzählen.

»Ich habe gestern vor dem Schlafengehen ein schönes Gedicht von einem Schriftsteller namens Erich Fried gelesen, dass ich Dir vorlesen möchte«, sagte ihr Vater geradezu beiläufig und öffnete ein kleines Buch. Dann begann er in berührenden Worten von der Vernunft, der Berechnung, der Angst, der Einsicht, der Erfahrung, der Vorsicht und dem Stolz zu lesen und was sie alle aus ihrer Sicht zum Verlieben zu sagen hatten. Doch immer wieder meldete sich die Liebe und sagte jedem von ihnen, dass es ist was es ist.

Die Ferien rasten nur so dahin, das neue Jahr begann und Lisa musste wieder zur Schule. Bereits in der ersten Pause trafen sich die Mädels aus der Abi-Klasse auf dem Schulhof und tauschten sich über ihre Weihnachts- und Silvestererlebnisse aus. Alle wollten wissen, wie es Anna mit ihrem angehenden Fluglotsen ergangen war. Doch die Geschichte hörte sich alles andere als schön an.

»Der Typ ist wie alle anderen auch. Nutzt seine Attraktivität schamlos aus, bringt die Mädels durcheinander und versucht, was alle Jungs in dem Alter versuchen.«

Zuletzt aber wollten die Mädels wissen, was Lisa zum Jahreswechsel gemacht hatte. Doch noch bevor sie überhaupt ein Wort sagen konnte, erschien Felix neben ihr, nahm sie bei der Hand, zog sie an sich und ging mit ihr fort.

»Aber Lisa, was machst Du mit dem dicken Felix?«, rief ihr Anna hinter.

Auch die anderen starrten mit weit aufgerissenen Augen und Mündern. Lisa aber drehte sich im Gehen um, lächelte und rief ihnen zu:

»Es ist, was es ist.«

Freiheit ist das, was Du fühlst

Den Weihnachtsbaum hatten sie auf dem Vorschiff hoch oben neben der Antenne des Radars festgezurrt. Er mochte in Wirklichkeit recht groß sein, doch dort oben wirkte er gerade zu kümmerlich und unscheinbar. Mir wäre der Lichterbaum vermutlich nicht einmal aufgefallen, wenn seine elektrischen Kerzen in er aufkommenden Dämmerung nicht so hübsch und warm leuchten würden. Eigentlich passte dieses Kleinod dort oben recht gut in das mich umgebende Szenario.

Ich stehe allein an der Reling und schaue hinaus auf das endlose Meer. Die anderen Fahrgäste haben sich bei diesem Schietwetter längst in ihren Kabinen verkrochen. Für mich kommt das jedoch nicht infrage. Ich will die frische Seeluft atmen, den Wind fühlen und das Leben spüren. Es wütet ein heftiger Dezembersturm aus nördlicher Richtung. Die Böen heulen bereits seit zwei Stunden ohne Unterlass übers Deck und bringen das Fährschiff ordentlich ins Schlingern. In unregelmäßigen Intervallen türmt die tobende See vor dem

Bug mächtige Kaventsmänner auf und treibt sie über den alten Kahn, der sich jedoch immer wieder aufbäumt, tapfer zur Wehr setzt und nicht unterkriegen lässt. Ich frage mich, wie viele solcher wilden Schlachten dieser rostige Seelenverkäufer in seinem langen Leben siegreich bestritten hat, von denen die vielen Dellen in seinem Rumpf erzählen. Seit Stunden stehe ich hier, ergebe mich den Unbilden der Natur, genieße die wilde See, spüre die abenteuerlichen Berg- und Talfahrten des Schiffes. Es kracht mächtig, wenn wieder eine entfesselte Woge seitlich gegen den Schiffskörper rammt. Ich spüre die unermüdliche Arbeit des Dieselmotors und erkenne die Seele dieses einzigartigen Titanen, der mich wie so oft sicher nach Hause bringen wird. Die Wolken hängen tief, es regnet in Strömen, es schäumt das Meer und das Gefühl von Zeit ist längst im Grau der tiefen See versunken. Das Einzige, was in dieser unberechenbaren Umgebung so etwas wie Hoffnung, Wärme und Zuversicht vermittelt, sind die Lichter des Weihnachtsbaums hoch über mir. Habe ich seine Kargheit zu Beginn meiner Reise noch belächelt, übermannt mich jetzt das Gefühl, als zeige er dem Schiff die Richtung, in die es fahren muss und fordere es auf, in seinem Mut und Willen nicht nachzulassen.

Ich stehe ganz allein hier draußen und spüre das Leben, wie es wirklich ist. Wild und gefährlich, aufgewühlt und voller Überraschungen. Es fühlt sich an, als führe ich auf dem Meer der Zeit und erkenne, der Ozean des Lebens ist viel tiefer als es scheint.

Vor gut einem Jahr war ich aufgebrochen, ließ mich von den vier Winden treiben und folgte ihnen um die ganze Welt. Zu Hause war es mir einfach nur eng geworden. Ich habe kaum Luft bekommen von diesem ewig gleichen Trott, der Erlebnisarmut, den immer gleichen Gesichtern. Dieses kleinbürgerliche Leben, in dem bereits am Montag erkennbar ist, was sich die Woche über ereignen wird, kann niemals etwas für mich sein. Ich bin jung und mich dürstete es schon immer nach fremden Ländern. Fernweh ist eine Krankheit, die sich glücklicherweise nicht heilen lässt. Man kann sie nur stillen, allerdings bei einem Freigeist wie mir macht sie sich nach kurzer Zeit immer wieder bemerkbar. Also packte ich meine Siebensachen und schon war ich unterwegs auf der Suche nach meinem Glück, meinem Frieden und der grenzenlosen Freiheit. Ich hatte keine Ahnung, was das eigentlich wirklich bedeutet, aber gesucht habe ich trotzdem danach. Die vier Winde wehten mich um den gesamten

Globus, in viele große Städte wie New York, Shanghai, Moskau und Istanbul, und ich war erstaunt, was ich dort alles zu sehen bekam. Dann durchquerte ich die Atacama in Argentinien, wanderte in der Mongolei, erklomm den Mount Kenia und überquerte die Ozeane dieser Welt.

Irgendwann meldete sich dann doch das Heimweh in meinem Herzen. Zuerst war es nur ein kurzer Gedanke, der sich allerdings wie von selbst wiederholte, immer stärker wurde, bis er sich zu einem bohrenden Gefühl in meinem Inneren aufbäumte, das einfach nicht wieder aufhören wollte. Ich hätte es nie geglaubt, aber zu dem, wovor ich anfangs davongelaufen war, wollte ich nun unbedingt zurück. Mir fehlten plötzlich die schmalen Gassen meiner Heimatstadt, die vertrauten Düfte, meine Jugendfreunde und auch das Haus, in dem ich aufwuchs. Ich erkannte in diesen Tagen, dass die Ereignisse im Leben einfach so kommen und gehen und das, was ist, nicht für immer bleibt. Alles hat seine Zeit und seine Platz. Doch die Bedeutung mancher Dinge erkennt man oftmals erst, wenn man sie nicht mehr hat.

Es ging auf Weihnachten zu und ich dachte in der fernen Welt an die besinnliche Art, wie wir zu Hause das Fest begehen. Mit Geschenken, Tannenbaum, leckerem Essen, gemütlichem Beisammensein, dem Schnee und vielem anderen. Dieser Gedanke keimte wie ein Samenkorn in mir und ließ mich von da an nicht mehr in Ruhe. Anfang Dezember hielt ich es dann einfach nicht mehr aus und dann machte mich nach einigem Zögern und vielem Nachdenken auf den Heimweg. Als ich den Kurs Richtung Heimathafen eingeschlagen hatte, entspannte ich mich innerlich. In diesem Moment wusste ich, dass ich mich richtig entschieden hatte.

Im Angesicht der tobenden Gewalten um mich herum bin ich froh, diese weite Reise um die Welt und auch zu mir selbst unternommen zu haben. Nun freue ich mich aber auf die Rückkehr und spüre zunehmend Dankbarkeit für alles, was ich hatte und was noch auf mich wartet. Für jeden Tag, den ich erleben darf, für die Sonne, die täglich scheint, für den Sommerregen, den Vollmond in der Nacht, für Vertrauen, die Liebe, die Zeit, die mir gegeben ist und für das Leben, wenn es lacht.

Ich stehe ich hier und frage mich, ob ich fand, wonach ich zu Beginn meiner Reise suchte. Tatsächlich ist es in meiner

Seele friedlicher geworden. Ich traf so viele Menschen, die auf ihrer Reise waren und mir von ihren Zielen berichteten. Für kurze Momente und einigen Metern des gemeinsamen Weges teilten wir unsere Freude, die Ängste, das wärmende Lagerfeuer am Abend und reichten uns zuletzt als Freunde die Hände. Ob ich sie jemals wiedersehen werde, vermag ich nicht zu sagen, doch an sie denken und an das Gemeinsame erinnern, werde ich mich ganz bestimmt.

Eine Freundschaft geht erst dann verloren, wenn Du sie vergisst, geht es mir resümierend durch den Kopf.

Das Glück spürte ich erstmals intensiv, als ich mich nach dem Abschied an die neuen Freundschaften erinnerte und die Menschen, die mir begegnet waren, vermisste. Einerseits schmerzte die Erinnerung, andererseits aber freute ich mich, dass ich sie getroffen hatte.

In diesem Moment kracht eine riesige Woge gegen die Bordwand und reißt mich aus meinen Gedanken. Eiskalt trifft mich eine kräftige Salzwasserdusche und durchdringt in derselben Sekunde meine Kleidung. Zuerst erschrecke ich mich über den tiefgekühlten Schock, dann aber muss ich laut lachen. Klitschnass und mutterseelenallein breite ich meine Arme aus und erbitte vom Klabautermann mehr maritimes

Getöse, noch höhere Wellen, noch mehr Sturm, Schlingern und Schaukeln, indem ich meine Wünsche aus voller Kehle auf das offene Meer hinausschreie. Was fühle ich mich losgelassen und ungebunden. Freiheit ist eben nicht nur eine Statue in New York. Sie ist auch nicht in den Great Planes Amerikas zu finden, in den endlosen arktischen Weiten oder gar hoch über uns bei den Sternen. Natürlich kann ich überall hinfahren und in der Ferne so etwas wie Stille und Einsamkeit finden. Das aber ist für mich etwas ganz anderes. In genau diesem Moment an der Reling, vollkommen durchnässt und frierend, habe ich alle Angst verloren. Ich fürchte mich nicht länger vor der rauen See, auch nicht vor einer möglichen Erkältung, weder davor, dass mich unschöne Ereignisse aus der Vergangenheit einholen könnten noch vor dem, was mir morgen begegnen wird oder was das Leben überhaupt für mich bereit hält.

Freiheit, das ist frei sein von Erwartungen und Ängsten. Freiheit ist das, was Du fühlst.

Danksagung

Ein Autor oder eine Autorin schöpft oftmals nicht nur aus sich selbst und der eigenen Fantasie, um den Geschichten seines oder ihres Buches Leben einzuhauchen. Bei mir ist es oftmals so, dass ich mich wie aus dem Nichts an frühere Ereignisse oder Beobachtungen meines Lebens erinnere. Diese lassen mich zuweilen nicht mehr los und fordern geradezu auf, in einer Erzählung außerhalb meiner Gedanken die ihnen gebührende Erwähnung zu finden. Immer wieder ertappe ich mich dabei, dass ich ganze Geschichten um genau diese kleinen oder auch großen Erinnerungen schreibe.

So gilt mein Dank all jenen Menschen, die mich auf ganz unterschiedlichen Weisen bewusst oder unbewusst zu der einen oder anderen Story inspiriert haben.

Meine Bücher schreibe ich genau wie alle Autoren und Autorinnen, damit sie im besten Fall auch gekauft und gelesen werden. All die Leser und Leserinnen, die für dieses kleine Weihnachtswerk Geld ausgeben und bis zur Danksagung vorgedrungen sind, lesen tatsächlich noch immer, obwohl die Erzählungen längst vorbei sind.

Ich empfinde das als eine ganz besondere Wertschätzung, das Ihr bis zur letzten Zeile durchgehalten habt.

Zeit wird es, mich einmal beim Verlag Books on Demand in Norderstedt zu bedanken. Es ist immer wieder denkbar einfach, über Eure Webseite den Weg zum Erstellen eines Buches zu gehen. Die unglaublich vielfältigen Angebote, Hilfestellungen und der Service bei Problemen ermöglichen es mir, von der Idee zu einer Geschichte bis hin zum fertigen Buch alles allein machen zu können. Noch mehr Handmade geht einfach nicht und Handmade ist das, was ich wirklich will. Niemand gibt mir etwas vor, niemand redet mir in irgendetwas hinein.

Es war schon lange ein großer Wunsch, etwas mit meinen lieben Freundinnen Charlene Strube und ihrer Mama Mirjam Jasmin Strube (www.mirjamjasminstrube.de) auf die Beine zu stellen. Jetzt ist es endlich so weit. Mit ihren Geschichten steuern beide drei sehr lesenswerte Erzählungen bei und vervollständigen das Gesamtwerk dieses Buches auf unterhaltsame Weise.

Die beiden Stories *Bridges to Walhalla* und *Wie der Staub der Sterne* wären vielleicht gar nicht entstanden, wenn mir die liebe Gisela Hildebrandtt vor einiger Zeit nicht dieses lustige Bild von den drei kleinen, struppigen Trollen gezeigt hätte. An einem anderen Tag warf sie die Frage auf, wie wohl ein Schneemann aus seinen Augen auf den Winter das Weihnachtsfest der Menschen schaut.

Diese Gedanken weckten in mir die reizvolle literarische Herausforderung, aus beiden Gedanken eine Geschichte zu zaubern.

In der Regel verwende ich meine eigenen Fotos oder die gemalten Bilder einiger meiner Freunde für die Covergestaltung meiner Bücher. Nun ist es aber August 2023 und um diese Zeit ein passendes Winterfoto für die Umschlaggestaltung zu schießen, gestaltet sich gerade etwas schwierig. Aus diesem Grund tummelte ich mich auf der Plattform www.pixabay.de und wurde auch schnell fündig.

An dieser Stelle meinen herzlichen Dank an Andy bei Noupload/ Pixabay.de für das schöne Coverbild. Ich hoffe, meine Spende ist angekommen.

Vita des Autors Thomas Märtens:

Als Fan der ganz großen Erzähler Charles Dickens, Patrick Süsskind, John Steinbeck, T.C. Boyle aber auch Cormac McCarthy, begann er vor einigen Jahren, selbst Geschichten zu schreiben und zu veröffentlichen.

In seinen facettenreichen Geschichten verflechtet er sehr komplexe Handlungsstränge aus lebensnahen, politischen und wissenschaftlichen Ereignissen, die in Teilen auch autobiografische Elemente in sich tragen. Er lässt sich auf kein bestimmtes Genre festlegen. Seinen Geschichten, gespickt mit einer Mischung aus philosophischen Betrachtungen und satirischen Elementen enthalten so eine besonders abwechslungsreiche Färbung.

Mit dem vorliegenden Buch *Wie der Staub der Sterne* veröffentlicht er einen Band unterhaltsamer und kurioser Weihnachtsgeschichten.

Veröffentlichungen:

Die Zeit hat keine Bremsen, Erzählungen
Veröffentlicht bei Books on Demand www.bod.de

Weiß ist der Schnee, Kurzgeschichten
Veröffentlicht bei Books on Demand www.bod.de

Was Ihr nicht seht, Kurzgeschichten
Veröffentlicht bei Books on Demand www.bod.de

Das fremde Mädchen, Kurzgeschichten und Erzählungen
Eine Sammlung der schönsten Stories aus den ersten drei Bänden.
Veröffentlicht bei Books on Demand www.bod.de

Wie der Staub der Sterne, Weihnachtsgeschichten
Veröffentlicht bei Books on Demand www.bod.de

Beteiligung an Anthologien der Autoren im Netzwerk

www.autorenimnetzwerk.de

Spannung, Liebe, Abenteuer

Veröffentlicht im Telegonos-Verlag www.telegonos.de

Geschichten unterm Weihnachtsbaum

Veröffentlicht im Telegonos-Verlag www.telegonos.de

Books on Demans www.bod.de

Beteiligung Anthologie des Literaturzirkels Peine

www.literaturzirkel-peine.de

Blütenlese

Veröffentlicht bei Books on Demand www.bod.de

Kontakt mit dem Autor:

Media: Facebook, Instagram

E-Mail: t_maertens@t-online.de

Vita Mirjam Jasmin Strube

Mirjam Jasmin Strube ist eine kreative und fantasievolle Frau, die es liebt, Geschichten für große und kleine Leser zu schaffen. Sie hat die Fähigkeit, sich in die Gedanken und Gefühle von Kindern einzufühlen und ihre Bücher mit liebevollen Botschaften zu füllen.

Mit ihrem Bärenkind Flynn erzählt sie Geschichten, die lehrreich und unterhaltsam zugleich sind und schafft es so, wichtige Werte und Lebenslektionen auf eine spielerische und zugängliche Weise zu vermitteln.

Die Braunschweigerin liebt es ganz besonders, mit jungen Lesern in Kontakt zu treten, sei es bei ihren Lesungen oder auch in Schulen.

Mit ihrem Charme und ihrer Begeisterung für das Schreiben hat sie die Fähigkeit, die jungen Menschen zu ermutigen, ihre eigenen Geschichten zu erzählen und so selbst einen Ausflug in die wunderbare Welt der Literatur zu wagen.

Alle Bücher der Autorin sind bei www.leseschau.de erhältlich.

Vita Charlene Strube

Charlene Strube wurde am 05. Oktober 1994 in Braunschweig geboren. Am liebsten verbringt sie Ihre Zeit mit ihrer Familie und ihrem Freund. Diese unterstützen sie immer tatkräftig bei ihren Vorhaben.

Seit 2020 ist sie aktives Mitglied in der Facebook Skriptorium Autorengemeinschaft. Ihre Geschichten sind auf

Youtube zu hören, wobei sie auch literarische Werke anderer Autoren eingesprochen hat.

Darüber hinaus gibt es von ihr eingesprochene Erzählungen vom Hammer Boox Verlag - Hammer-Boox (webnode.page)

In diesem Buch ist ihre erste in Buchform veröffentlichte Geschichte zu lesen.